文春文庫

糸切り

紅雲町珈琲屋こよみ

吉永南央

文藝春秋

目次

初出　「別册文藝春秋」二〇一三年十一月号〜二〇一四年七月号
単行本　二〇一四年八月　文藝春秋刊
ＤＴＰ制作　萩原印刷

糸切り

紅雲町珈琲屋こよみ

第一話　牡丹餅

備前七寸の角皿を、杉浦草《すぎうらそう》はそっと手に取った。土そのものといった質感。深い土色の中央には、一段淡い色あいの大きな丸模様。夕食には使わなかったが、なんとはなしに触れてみたかったのだ。

不思議なもので、好きな器に触れたいと思うことは時々ある。

両の掌《てのひら》にのせて、器の重さや感触を味わい、形、色、景色を楽しむ。いくらか手のぬくもりが取られ、かわりに土の冷たさが移ってくる。色が深くなった、縁に欠けができたと、ささやかな変化に気付いたりもする。作家の名が記された共箱があっても実用品だから使うのだけれど、やっぱりただ触れるのもいい。ほんの数分、素の器と無言の会話を交わすと、あわただしさがふっと消え、ゆったりした気分にひたれる。

草は満足して角皿を箱にしまい、縞《しま》の紬《つむぎ》の上に大判のショールを羽織って外に出た。

昼間も雨だったが、拍子とりについている蝙蝠傘《こうもりがさ》をそのうち広げることになりそうだ。

振り返ると、古材と白壁の小蔵屋《こくらや》は暮れ時の紅雲町《こううんちょう》に滲《にじ》み始め、軒や塀沿いの外灯があたたかく浮かび上がっている。

定休日に早めの夕食を終えたのだからのんびりすればいいものを、息が白くなる二月の紅雲町を歩き出したのは、切れかかった紐《ひも》を結んで器をしまうのもたいがいにして「ヤナギ」で新しいのを買おうと思ったからだった。あそこなら、骨董でも新品でもない昭和の器と共箱にふさわしい真田紐《さなだ》を売っている。

今ね、新しいのを買ってくるから待っててよ――長年連れ添った器は、独り身の老女の半生を知っている。だから時には、いたわってやりたくもなる。

街路樹の下から、草は曇りがちの暗い空を見上げた。

空に月はないが、胸の中にはあの角皿の「牡丹餅《ぼたもち》」と呼ばれる景色が残っていた。ちょうど、おぼろな満月に細い枝が、すっ、すっ、と数本かかっているような。もともと陶磁器は、人の手と土や火で作られるから、自然によるところが大きい。だからだろうか。角皿の牡丹餅も、実際は上にのせた器による丸い焼けむらという窯変《ようへん》に過ぎないのに、器と器の間に挟んだ藁《わら》が焼けてできた赤い筋も加わって、味わい深い。自然を見飽きないのと同じように、昭和四十年代から使ってきて飽きることがない。

ヤナギとの付き合いも、あの角皿と同じくらいの長さになる。

この間行ったのは……ええと、二、三年前だったかしら――草は思い出そうとしたが、定かでなかった。

ヤナギは、紅雲町のはずれ、昭和四十年頃にぎわった長屋式店舗の一部が残っている一画だ。その辺りの土地を持っていた水上《みなかみ》手芸店が大家となって、昔からあった小売店の他にも募って始めた。今で言えば、ショッピングモールといったところか。全部一体に見えたが、実際には立派な庇《ひさし》を取り除いて無理に組み込んだ店もあった。表側は平板なデザインに統一し、明るく澄んだ色合いの黄緑や水色、卵色などで、隣同士が異なる塗装もしたものだ。現在はすっかり建物も減り、水上手芸店と数軒のみ営業している。ああいった手軽な改装は、一時全国的に流行った。

住宅街のまっすぐな道を行き、突き当りに柳の裸木が見えたところで、草は首を傾《かし》げた。「ヤナギ・ショッピング・ストリート」という正式名称があるものの、それを知っている人は何人いるだろう。いや、正式名称どころかヤナギの存在自体を知る人が少なくなってしまった。だから商品の回転は悪く、ゆえに他ではなかなか売っていないような品物が手に入るという、知る人ぞ知る一角となったとも言える。客のほとんどが老人だ。

ありがたいわよ。当てにしているものが、たいていあって——草は突き当りを左に折れ、柳が両岸に連なる細い疏水「辰川《たつかわ》」沿いの道を行く。少し先の左手に、ヤナギは変わらず、消えそうで消えない明かりをともしていた。

二階建てが五軒。職住一体の造りで、いずれも間口は二間《けん》ばかり、奥行きが六間ほどだ。正面は、一階に二枚戸のサッシ、二階にも二枚戸のサッシの縦に長い腰高窓がある。塗装はあらかた剝《は》げ、外壁の地色と汚れで、どの店も灰色に見える。一階と二階の境目にある薄《う》っすらと文字を残した横看板や、かつて横看板があった四角い跡、あちこちに残る塗料などを頼りにすれば、完成当時の様子が何とか思い出せる程度だ。だから建物が長屋式につながっていても、知らない人には、ショッピングモールだったとは思えないかもしれない。

　手前から駐車場、窓のない側壁をさらした水上手芸店、電器店と続く。その二店舗には明かりがついており、カーテンが途中まで引かれた入口のサッシまでぼんやりと届いている。

　夕食時だが、こんばんは、と声をかければ入れてくれる。焦る必要はない。

　草は、伸び放題の植え込み近くを歩き、柳の枝が垂れ下がる辰川を覗《のぞ》き込む。一メートルほどの深さの石積み。宵《よい》の光を集めるごく浅い流れ。向こう岸の道路につながる、石造りで欄干《らんかん》のない「辰川橋」。そういう昔と変わらない景色を見ていると、自分がまだ若いような、家に両親が待っているような気がしてくる。辰川の向こう岸は比較的新しい賃貸マンションの側面、ヤナギの先は建て売り住宅がある一帯で、どうもここだけ時間が止まっている。

「あら」

　雨に気付くと同時に、先客が目に入った。五十がらみの男性だ。会社帰りだろうか。暗がりから急に現れたように、草には見えた。うつむきかげんでヤナギの端から端を行き来したかと思うと、立ち止まり、コートのポケットから何かを出したり入れたりと落ち着かない。白いものがひらっと落ちたようだったが、足元にも草にも頓着せず、背を向けて行ってしまった。降り出した雨に急《せ》かされて帰ったというより、踏ん切りがつかなくてあきらめた様子だ。草が足を止めて傘を広げた、短い間の出来事だった。ヤナギはこの時間でも売ってくれますよと、一声かけたらよかったか――気になって店の方へ行ってみると、アスファルトの水たまりに、つんと折角を上にして四つ折りの紙が落ちていた。薄いのだろう。見る間に、水に浸ってゆく。場所は五軒の真ん中の空き店舗前で、左の五十川《いそかわ》電器寄り。空き店舗はボロボロのカーテンが閉まっていて真っ暗だ。

草は蝙蝠傘を肩に預けてしゃがみ込み、まだ濡れていない折角を持って、紙を摘《つま》み上げた。買い物のメモかと思って広げてみると、それは手紙だった。

一行空きに書かれた、とても大きな字の文は中ほどの行で終わり、最後の二行に宛名と差出人の名があるらしい。らしいというのは、水溶性のインクで薄紙だったために、濡れ残った真ん中、文の最後の行しか判読できないからだ。乾いた白い部分の周囲にインクがにじむ様は牡丹餅のようで、なんだか備前の角皿を思わせる。

《帰っておいで》

ついさっき両親を思ったせいか、その一言が自分に向けられたみたいに、妙に胸に響いてしまった。帰ると言ったって、いつのどこへ帰るのか。そう鼻で笑う一方、帰っておいでという母の声を聞いてもいた。今から思う場所へ素直に帰れば、父、兄、妹が揃う茶の間で母がお帰りを言ってくれる、そんな錯覚が起こる。

「ここに置いていくのも……」

懐《ふところ》からちり紙を出して水気を拭《ぬぐ》ってみたが、薄墨色の空の満月に一句したためたような具合は変わらなかった。

一体、誰宛てかしら。

そんなことを考え、空き家と五十川電器を交互に見つつ、よろよろと立ちあがったのがいけなかったのかもしれない。迫っていた車に、まったく気づかなかった。はっとした時には、肩に預けている蝙蝠傘の後ろからライトがパアッと光り、右後ろを見ると黒っぽい車体の鼻先が視界に入った。異常に近い。草は車に当たると覚悟した。逃げようにも場所はない。仮に場所があっても、年寄りにはどうにもならなかった。よろけるま
ま、店舗の方に背中から倒れ込む。脇を走り抜けてゆく車や、水たまりから上がるしぶきが、おかしなほどゆっくりと見えた。

我に返ると、家電メーカーの全身プラスチック製のマスコット、「ドリ坊」と親しまれて久しい「ドリーム坊や」を倒し、そこに上半身を預けて仰向《あおむ》けになっていた。傘はほとんど閉じた状態で身体の下に。先のほうはドリ坊にめり込んでいる。きっちり七三分けにした大きな頭、社名入りの台座の上に年中半袖半ズボンで直立不動、つぶらな瞳でにっこりするドリ坊の、「D」の文字が胸にあしらわれた襟《えり》付きの黄色いシャツの胸から傘を抜くのに多少手首を痛めたが、幸いけがはしていない。むしろ気の動転のほうが大きく、立って着崩れを直してもまだ胸の鼓動が激しかった。

「ああ、傘と……ドリ坊が……クッションになって……くれたから……」

遠くの方から、どうしたんだ、まあ大丈夫ですか、と声がしたように思って、草は顔を上げて驚いた。五十川電器と水上手芸店の店主二人が、硬い表情をしてすぐそばに立っていたからだ。

命の恩人ともいえるドリ坊がマニアの間でけっこうな高値で取引されると知ったのは、そのあとのことだった。

翌日の金曜、草は夜明け前に目が覚めてしまった。右手首と背中が少し痛いが、年寄りは動かなくなったら動けなくなると自分に言い聞かせ、朝の日課に出かける。昨日の雨で湿り気があり、あたたかく感じる。いつものように河原では小さな祠《ほこら》と丘陵の上の観音像に手を合わせ、三つ辻の地蔵も参ったが、思うところがあってヤナギの前も通ってみた。

ヤナギの辺りはまだ人影がなく、ドリ坊が痛々しい傷をさらして立っていた。

昨夜は言葉の行き違いから、ドリ坊の弁償を迫られてしまったのだった。車に轢《ひ》かれそうになったあげくのことだといくら口で説明しても、腹を立てた五十川には理屈が通じなかったので、せめて防犯カメラでもあって画像が残っていたら先々心強いのに、と考えたのだが。

残念ながら、電器店に防犯カメラはなかった。もっとも、あれば昨夜のうちに見てみようという話になるのが普通だった。念のため他の店も確かめてみる。すると、川を背にして右端の店舗に、防犯カメラらしきものがあった。出入り口のサッシには、白いカッティングシールで店名と電話番号などが示してある。

「古家具・古雑貨の店クドウ。新しいお店だ……」

昨夜は電気がついていなかったところだった。

目を凝らして店名の下をよく見ると、土日祝日のみ営業とある。なるほど、店内には落ち着いた雰囲気のダイニングセットや薬棚らしきものなどが趣味よく並んでいる。いなかったら隣かもしれません、とガラスに直接、味のある白い文字で書いてもある。隣の店舗は空き家との間にあり、クドウの工房になっているらしいことが表からでも見て取れた。

「どんな人がやっているのかわからないけど、あとで頼んでみようか」

しゃれた郵便受けには、工《く》藤《どう》公《こう》平《へい》という名があった。

午後、小蔵屋は女性客で一杯になった。試飲コーナーのカウンターと楕円のテーブルで二十人ほどがひとしきりしゃべり、三人連れがコーヒー豆を買って帰ると、申し合わせたように次々コーヒー豆を買って帰ってゆく。太い梁《はり》が走る高い天井、漆喰《しっくい》壁、三和《たた》土《き》の空間には、客が一人となっても、コーヒーのふくよかな香りと楽しげなおしゃべりの余韻が漂った。表側に連なるガラス戸の向こうには深い庇があって、その影が早春の陽光をよりまぶしく浮かび上がらせる。

草は客に呼ばれ、カウンターを出て左奥にある和食器売り場へ行った。

バレンタインデー後は渋い土ものと、赤・黄・青・緑が鮮やかな現代風の色釉《いろぐすり》の器を、あえて一緒に使う提案をしてみている。朝の日課で河原を歩いている時に、地面に落ちていた丸い粒のチョコレートの色鮮やかさに見入って、ああ、これも春だと思いついた。暦は春でも、まだ花あふれる季節は先。待ち焦がれる今だからこそ抱く春のイメージという気がしたのだ。

現代的な器なら、すでに家にある人も多い。そこに一つか二つ、伝統的な土ものを加えてみてほしい。小蔵屋の店主としては、そんなつもりだった。

ところが、売れるのは現代的なほうだけ。今も中年の女性客は、水浅葱《みずあさぎ》にイッチンの金の紐をあしらったモダンな印象の長手皿を求めた。この数日を振り返っても、和食器売り場で聞かれる声は、かわいい、きれい、の連続だった。どうも土ものは、背景か、引き立て役にしかならなかったらしい。草は心の中で苦笑する。

「五万八千も――」

大声がしたカウンターの方へ草が視線を飛ばすと、運送屋の寺田が口を手でふさいでいた。少し前に来た寺田は、試飲の器を下げていた森野久実《くみ》から、昨夜草が轢かれかかったこと、あげくに五十川からドリ坊の弁償をしろと迫られた話を聞いたらしい。

長手皿を購入した客を見送ると、店は三人だけになった。仕事中で忙しいはずの寺田が、トラックに戻らない。

「お草さん、災難だったね」

寺田は、草の右手首に肌色のサポーターがしてあるのに気づき、けがしてるじゃないか、とまるで久実が悪いみたいに言う。草は、鼻の先で手を振った。

「背中は打ったけど、手は違うのよ。ドリ坊の胸に刺さった傘を抜こうとしてね、こう」

片足をドリ坊の土台にかけ、プラスチックの割れ目に引っかかった蝙蝠傘を抜こうとした様子を再現してみせる。あとでわかったことだが、このどさくさの間に、例の手紙は紬の袂《たもと》に入ったようだ。

「広げていたはずの傘はどうしてか閉じちゃって、奥へ刺すと動くのに、抜こうとすると亀裂がサメの歯みたいに引っかかるから、まるで安来節《やすぎぶし》。それで手を悪くしたみたい」

再現の格好がよほどおかしかったのか、寺田がこらえきれずに噴き出した。安来節ってなんでしたっけ、と訊《き》く久実に、どじょうすくい、と教える声まで震えている。年代で言えば、寺田が息子、久実が孫に当たるくらいだから、話に注釈はつきものだ。ヤナギについても同様。別の町に住んでいるせいもあって、久実は初耳、寺田は存在を知ってはいたが運送の仕事でもほとんど用がないらしい。

草は着物の上につけている割烹着の袖を伸ばして、右手首のサポーターをできるだけ隠した。サポーターは、久実が午前中に買ってきてくれたのだった。においが漂っては仕事に差し支えるので、湿布薬を貼るのはためらわれたからありがたかった。手首が幾分固定されて動かしやすい。

「五十川さんも驚いたんでしょ。飛び出してきた時は、どうしてドリ坊があんな目に遭ったのかわからなかったみたい」

「その人も、どうかしてるよ。ブレーキの音を聞いて飛び出してきたんだろうに」

何か引っかかったが、草は続きを話した。売ったら五万八千円もするんだ、と言われ、これが、と返すと、こんなものが、という意味に取られた。そのずれが高じて、弁償しろと迫られる羽目になったのだ。

「私も言い方がぞんざいだったのよ。人より物が大事なのって気持ちもあって」

寺田が久実と一緒になって、相手のほうがおかしいと言う。

五十川は、草より十ばかり年下。何年か前五十川にかんばしくない噂があったのを、草は思い出したが黙っていた。徘徊がひどかった晩年の父親を犬のように紐でくくっていたという話なのだが、真偽のほどはわからない。個人的なことに触れられたくないと身構えているところが五十川にはあり、若い頃は傷つきやすく見え、あの噂の頃には頑《かたく》なな印象が拭えなくなっていた。

「そもそも、悪いのは人を引っかけそうになった車だろ。弁償なら、電器屋はそっちに言えばいいのさ。お草さん、どんな車か覚えてる？」

寺田に訊かれ、草は車の記憶を丁寧にたどってみる。

ヘッドライトが通り過ぎ、ヤナギの二軒の頼りない灯と、それよりはましな対岸のマンションからの明かりの中を抜けて行ったのは、黒っぽく大きめの高級そうなセダン。ハンドルを握っていたのは男性。年寄りではなかったような気がする。車同様黒っぽい上着に白いワイシャツとネクタイ。きちんとした身なりだった印象があるが、さてどうだったろう。危険な目に遭うと神経が研《と》ぎ澄まされ、見たものが目に焼きつくことがある。長い人生には、そんな経験も何回かあったものだが。

「こう年をとると、記憶も当てにならないわ」

草の気弱な言葉を、寺田は受け流した。

「まあ、それだけ見たなら、時速三十キロ前後かな。飛ばしてないね」

もっと速かったように感じたが、寺田が言うことのほうが正しそうだった。あの時は気が動転していたし、まして運転免許を持っていないのだから車に関してはよくわからない。

「それに左ハンドルだったんじゃないかな。運転席が近かったから男がよく見えた」

「確かに。こっち側だった……あっ、車の鼻先に、ピカピカした銀色のこういうのが」

草は痛くないほうの手で、手首を蛇の鎌首のように曲げて肘から先を立ててみせた。手首は前、指は後ろ向きにして少し広げる。風になびくような形をしていた印象が残っていた。

ロールスロイス、と寺田と久実が先を競うように言った。

「この辺でロールスロイスときたら、結婚式場の演出用か、カーマニアってところか？」

「目立ってしょうがないですよ」

二人が今にも問題の外車を捜しに出かけそうな勢いなので、気持ちだけで充分だというつもりで草は微笑んだ。小蔵屋の開店前に、一応クドウへ電話をかけて若そうな店主に防犯カメラの件を相談しておいたが、あれも五十川が納得してくれればと思っただけで、車を捕まえようと考えたわけではなかった。

「ヤナギの辺りに外車だなんて、たまたまよ。迷って国道へ出る道でも捜してたんでしょ」

気分を軽くするために、一つ息を吐いた。

「何はともあれ、問題は五十川さん。手芸店の千景《ちかげ》さんは間に入ろうとはしてくれたんだけれど、五十川さんがものすごい剣幕すぎて、結局、弁償の話は棚上げ。またそのうちに行って来なくちゃ。真田紐どころじゃないわ」

そんなものこっちから行く必要はない、と寺田が味方し、紐なら代わりに買ってきます、と久実が言う。草はうなずくだけにして、どちらにもはっきりした返事はしなかった。

こんな時は幼なじみの由紀乃《ゆきの》の家で夕食を、と考えるところだが、彼女の長男杜夫《もりお》が帰省しているので遠慮する。九州に家を構えている杜夫は、東京の本社に年度末まで通うのだそうだ。小蔵屋へ挨拶に寄った折り、片道一時間の新幹線通勤より東京のホテル暮らしのほうが楽なんですけどね、と言って白いものが多くなった頭をかいて微笑《ほほえ》んでいた。楽ではないが、こちらにいる間は家政婦を頼み、時には家族も呼ぶ計画で、久しぶりの母との生活を選んだのだ。由紀乃は、娘とならともかくどうなることやら、と言っていたものの、電話がないところをみると充実しているのだろう。

草はその夜、牡丹餅柄の手紙の帰っておいでという一文を眺めながら、彼岸で長いこと待っている息子良一《りょういち》を思った。

考えてみると、外車はたまたま通りかかったのかもしれないが、手紙の男性はそうは思えなかった。二、三年に一度の客が見かけるのだから、あの人は手紙を持って何度もヤナギに行っている気がしてならない。

次の週に入ると背中の痛みはなくなり、夜は湿布薬、昼間はサポーターと繰り返した右手首も続いてよくなった。骨が曲がった蝙蝠傘も修理したし、ショールも着物も汚れが取れた。

しかし、五十川電器前のドリ坊は、ガムテープによく似た養生テープを胴体にぐるぐる巻きにされて、辰川に向かって立っていた。テープを巻いたからといって直るわけではないけれど、養生という名や、包帯に見える白色が五十川の気持ちを表しているかのようだ。

えび茶色のニット帽をかぶった老人が、台座を入れても百二十センチほどのドリ坊の大きな頭をなで、首を横に振りふり通りすぎる。畑帰りなのか土付きの葱《ねぎ》を数本持った人が通りかかり、あれで会社に通ってるつもりなんだよ、と明るい口調で誰にともなく言う。

手芸店の千景は、あの夜、草に耳打ちしたのだった。

——一番いい時の思い出なんです。

それは、ニット帽の老人にとっても同じなのかもしれなかった。街の電器店が元気だった頃は、高度経済成長期の真っ只中だ。極端な前かがみで自分の身体すら重そうに歩く老人も、あの頃は忙しくドリ坊の前を通勤したことだろう。今日は接待なんだ、ひどい失敗をしちゃったよ、もうじきおれも父親になるんだぜ、そんなふうにドリ坊に心の中で語りかけては、がんばったのだろうか。働いて稼いで、大きい冷蔵庫を買おう、テレビを買い替えよう。それが豊かさだと信じられていた時代だった。

草もスイカがまるごと入る冷蔵庫を喜んだし、カラーテレビが家に来る時は胸を弾ませたものだ。

ただ、大事にしてきた備前の角皿は、冷蔵庫やテレビとは対極にあるのだった。ガラス質の磁器とは違い、陶器は使い始めから手間がかかる。米のとぎ汁に入れて二、三十分煮たあとに冷まし、水洗いする。とぎ汁に糊の役目をしてもらうと、土の粒子と粒子の間に入ろうとする汚れを防げるからだ。同じ理由で、盛りつけの時も事前に水を含ませる。便利からは、ほど遠い。

草が投げた小石は、枯れ色に春の息吹を帯びはじめた草むらを越え、浅瀬に捨てられていたペットボトルに当たり、広い川面《かわも》の端に沈んだ。

振り向くと今朝も、丘陵の上の大観音像は広々とした河川敷に立つ老女を見下ろしている。草は観音に向かって手を合わせた。それから岩の近くにある小さな祠に、さらに少し離れた住宅地の三つ辻の地蔵にも。

パステルカラーの住宅群を背景に立つ苔《こけ》むした地蔵は、三つで亡くなった良一の寝顔によく似ている。草が地蔵の足元から空き缶やごみを拾って腰籠に入れる間も、良一は静かな瞳で遠くから見ているのだった。

「わかってる。五十川さんのところに行ってみようか」

気は進まなくても、人の大切なものを壊したことに変わりはない。もしかしたら、手紙は電器店宛てかもしれないし。

鳥のさえずりしかしなかったところに、後ろの道から車が来て、右の道へとゆっくり走っていった。視界の端に入った黒い車体の光沢と大きさに、なんとなく草は引きつけられて立ち上がり、車が住宅街に消えるまで見送った。運転手はよく見えなかったが、ハンドルは左の外車だった。ヤナギで遭遇した車によく似ていた。

午前中に菓子折りを用意して正絹縮緬《しょうけんちりめん》の風呂敷に包んだものの、なかなか店を抜けられない。丘陵の中腹にできた陶芸教室や、公民館で行われている週替わりの工芸教室について、常連が話し込んでゆく。今度は午後にと思っていると、前々から開院記念の品を下見していた医師の夫妻が来店して打ち合わせになった。

四時半を過ぎてひと心地ついたが、今日の調子では五時を過ぎると会社帰りの客が多いかもしれない。草が迷っていると、久実はカウンターの向こうから風呂敷包みを横目に小声で言った。

「行かなくてもいいと、神様が言っているんだと思います」

「だけど、お菓子も用意したし」

久実は自分の腹をポンと叩き、無駄にはしません、と言って胸を張る。草は笑い、それもそうかと思った。先方もあれは車が原因と納得したから、何も言ってこないのかもしれない。

「ごめんください。お忙しいところ、すみません」

ガラス戸を開けて入ってきたのは、グレーのスーツを着た痩身の女性だった。後ろで無造作にまとめた波うつ長い髪が印象的で、使い込まれた大振りのバッグと長い筒状の図面ケースを持っている。図面ケースには、「弓削《ゆげ》」と大きく銀色のペンで書いてある。

「道をおたずねしたいのですが、ヤナギ・ショッピング・ストリートにはどう行ったらよいでしょうか」

草は、久実と顔を見合わせてから、菓子折りを持った。

顔を見合わせたのには、二重の意味があった。

一つは、ヤナギに行きたいという珍しい人が現われたから。もう一つは、目の前の女性が、午後来店した夫妻の病院を設計した建築家、弓削真澄《ますみ》だったからだ。国内だけでなく、海外でもビルや公共施設を手がけて話題になった注目の若手だと、以前夫妻がくれて午後の打ち合わせでも広げた雑誌に載っていた。どうもヤナギとは結びつかない。

「ご一緒しましょう。ちょうど用事があって行くところですから」

五十川電器の件をうやむやにするのは、神様でなく良一が承知しないのだろうと思い、草は弓削をともなって歩き始めた。ヤナギ・ショッピング・ストリートと看板が出ているわけではないから知らない人も多いと話すと、弓削は破顔した。

「どうりで。実は、小蔵屋さんにうかがう前に、二人の方におたずねしたんです。でも、全然わからないって」

彼女が漂わせる香水のように、さっぱりとした口調だ。駅の反対側にある落成間近となった病院や、雑誌に掲載されていた建築物からすると、ガラスを多用したシャープな設計が持ち味らしいが、いかにもといった印象を受ける。歩幅が大きく歩き方も速い。草が小走りになって、急ぐならお先にどうぞ、この突き当たりの柳の疎水沿いを左です、と息を切らして言うと、弓削は気付いたように立ち止まり、草に足並みを揃えた。

なぜヤナギに弓削が行くのか、草は興味があった。

「私は、これから五十川電器に用事があって」

「そうですか。私はクドウで打ち合わせが」

クドウからは連絡が来ていない。事情を話し、防犯カメラにあの日の車などが映っていたら画像を見せてほしいと頼んであったのだが、電話の様子が気乗りしないような、はっきりしない感じだったので、草もあまり期待はしていなかった。

「改装の設計を頼まれまして」

「クドウの」

「いいえ、ヤナギ全体の」

草は、ほう、と思った。ヤナギが設計士を入れるような改装をするのにも驚きだが、その設計を注目の若手建築家が請け負うのにはもっと驚かされた。施主は所有者の水上手芸店だから、クドウに打ち合わせ場所を借りたのだろう。手芸店の千景には九十を越えた姑《しゅうとめ》がいて、自宅への来客は大変なのかもしれない。

「この街には時々来ることになるので、今度ゆっくり小蔵屋さんに寄らせていただきます。素敵なお店ですね」

「ありがとうございます。ぜひ、どうぞ」

弓削が差し出した名刺を、草は受け取った。

ヤナギに到着すると、弓削は礼を言い、悲惨なドリ坊を二度見てからクドウの売り場のほうへ入っていった。

「さて、と」

草は息を一つ吐いて、五十川電器の引戸を開けた。まだカーテンは全開だ。ポーン、ポーンと、人の出入りを知らせるセンサーが鳴る。古い紙箱とビニール、埃《ほこり》がまじったようなにおいが、草には懐かしい。携帯型ラジオ、照明器具のスイッチ紐、電気コンロなど、昭和の映画のセットかと思うような品揃えと棚の空き具合の店先に立ち、五十川が奥から出てくるのを待った。買い物に来たのは、スタンドの特殊な形の電球を探しに来た時が最後だったろうか。熱心に在庫を見てもらったがさすがにここにもなく、あきらめがついた。たぶん輸入品だろうという話だった。

やがて、サンダルを引きずる音がして、開け放ってあるドアのレース暖簾《のれん》がめくられ、五十川が現われた。

シャツとセーターの上に、砂色の作業着を着ている。作業着は草の記憶では何十年来の定番で、今日も胸ポケットには黒と赤の二色ボールペンと短い定規が差さっていた。背は高くないが、えらの張った顔は厳《いか》めしく、銀縁の眼鏡から上目遣いになると堅気《かたぎ》に見えない。

「いらっしゃい。何？」

イエーラッシャイ。アニ？　大げさに真似すればそうなる素っ気ない接客に、今日は幾分とげがある。五十川は旧型のレジの前に立ち、深緑色のデスクマットが敷かれたカウンターに両手をついた。草は風呂敷をといて五十川の手の間に菓子折りを置き、ドリ坊を壊した件を謝った。

「車に轢かれそうになった末のことだから、勘弁してもらえないかしら」

長い沈黙のあと、五十川は四角張った分厚い手で菓子折りを押し返した。

「元に戻りゃあしねえ」

形あるものは壊れるし、時もさかのぼれない。何とも返しようがなく、草は黙っていた。五十川は、外の方を見ている。養生テープを巻き付けたドリ坊が、サッシのガラス越しに見える。

「身体は」

草は自分が気遣われているとわかって、少々あわてた。

「ええ、ちょっと痛くしたけど、もう大丈夫」

「そりゃ、よかった」

素っ気ない話し方だが、本心から思ってくれている響きだった。菓子折りに両手を添えて元の場所へ戻すと、もう押し返してはこない。

五十川は年の離れた父親とよそから移ってきて、二人暮らしを続け、今は一人になった。一人は自由だが、うっかりすれば一日中しゃべることもない。湯飲みを置く音さえ大きく聞こえる孤独に、耐えなければならない夜もある。草は弁償の件をさて置けば、五十川がかけ離れた存在には思えなかった。自分だって、雑貨屋だったかつての小蔵屋を長年両親とやって来て、今は一人なのだ。

「ねえ、五十川さん。ちょっと訊きたいんだけれど、あの夜、ブレーキの音を聞いた覚えがある?」

五十川は腕組みをして考え始めた。買い物の相談に応じる時のように、熱心に。

「いや。店の中がパッと明るくなって……けっこうな物音はしたが」

「そうよねえ。私も、車がブレーキをかけたとは思えなくて」

草は懐から牡丹餅柄の手紙を出し、轢かれそうになった時にこれを拾っていたのだと言って見せた。

「蝙蝠傘を差してしゃがみ込んでいたから、向こうは私に気付かなかったのかもしれない」

五十川は手紙を凝視した。全体を見るには見たが、帰っておいで、の一文に視線が釘付けになっている。その目にうっすら涙が滲んだのは、単なる涙目なのか、何かあるのか、草には判別がつかなかった。

「もしかしたら、五十川さん宛てじゃないかと思って。水たまりで濡れちゃって他に何が読めるわけじゃないけど、落ちていた場所が隣の空き店舗のこっちよりだったから」

五十川は首を横に振ったが、虚空に目を泳がせる。

何か心当たりがあるのかもしれないと草は思ったが、それ以上は訊かず、また手紙を懐に入れて電器店を出た。すると、クドウから出てきた若者が草に会釈《えしゃく》した。電器店に入ろうとしたものの、サッシに手をかけて立ち止まる。

「あっ、工藤です。すみません、小蔵屋の杉浦さんですよね」

小声で言って、五十川がいる方に背を向けた。面識はないが、着物姿と蝙蝠傘のおばあさんだと人から聞くなり、小蔵屋にいるところを見かけるなりして、草がわかるらしい。

「ええ。この間は電話で面倒なことをお願いしちゃってごめんなさい」

「いいえ。映像は残してありますけど、どうします？　もう怒ってないでしょう」

工藤は自分の左肩の方を指差したが、実際は五十川を指しているのだ。草は、話の早い青年に助けられた思いがした。

「そうね。お騒がせして」

「いいえ」

工藤は何事もなかった顔で、電器店に入っていく。すいませーん、単三電池ありますか、エアコンのリモコンの電池が切れちゃって、と言うには言ったが、慣れた手つきで棚から電池を取った。ひょろっとした体格で耳にかかるやや長めの髪をしているが、ダウンベストに編み上げ靴という登山のような服装が似合っている。

五十川は代金を受け取ると訊いた。

「公平、弓削先生は？」

「今、大まかな図を広げて、千景さんと話してるところです」

「へえ。こっちから送った古い青焼きやなんかだけで考えるんだから、たいしたもんだ」

なかなか気心の知れた付き合いらしい。新しい人とは気楽な面があるのだろう。草はあたたかい気持ちになって、ショールを羽織り直し、来た道を引き返し始めた。

なんとなく合点がいった。思い切って改装すれば、空き店舗も埋まり、引いてはヤナギに活気が戻る可能性も出てくる。所有者の千景は六十代で、家族は姑と二人だけ。人によっては今さらと思うかもしれないが、日本女性の平均寿命を考えれば先はまだ長い。

千景さんはよく踏ん切りがついたものだ、と草は思った。古い雑貨屋を今の小蔵屋に改装した六十代半ばの自分が懐かしく思い出され、当時の勇む気持ちまで微《かす》かによみがえってくる。

「こっちまで励まされちゃう」

後ろから車が近付いてくる音がしたので、また轢かれそうになってはいけないと、右の手芸店ぎりぎりに寄った。あの時と違って逆を向いている。大体同じ時刻だが、天気がよい分明るい。正面からも車が来て、普通車同士で譲り合い、すれ違おうとする。草と同じ方に向かう車は、辰川沿いの植込みと舗装路の間の土のところまで片輪を入れた。正面から来たほうの車は、草が立っているからあまり端に寄れないのだ。

草はその様子を立ち止まって眺めているうちに、あれ、と思った。

よく考えてみれば、狭いと思っていたこの道は、普通車が何とかすれ違える。舗装部分の道幅は約四メートルというところか。どちらから来る車もほぼ真ん中を走行し、対向車を見たら端に寄って減速、適当な場所で譲り合ってすれ違う。なのに、なぜ例の外車は、一台きりなのにあんなに店の際《きわ》を走っていたのだろう。大きいとはいえ駐車場の枠に収まるのだろうから、車幅は二メートル弱のはずだ。

草は手芸店前から道を渡り、柳の下の土に立ってみた。後ろは常緑のリュウノヒゲのもさもさした植込みの中に、ひしゃげたキノコのような低い灯籠《とうろう》と、クドウ前の辰川橋にそっくりの真っ平らな石のベンチが昔から置いてあるところだ。

あらためてそこからヤナギ前の道を見てみると、ロールスロイスと推測される外車が一台きりでいかに不自然に左寄りを走っていたかが、運転しない草にもわかった。

この付近に街灯はないが、今たまたま明るいクドウを除いても、手芸店と電器店の明かりがあり、向こう岸からはマンションやその駐車場の照明が届いている。ヘッドライトもあるのだから、たとえ初めて通る道にせよ、暗すぎたというのは理由にならない。

「居眠り？」

いや、運転していた男性は前を見ていた。でもブレーキさえ踏まなかった。どういうことだろう。

芽吹く気配を宿した柳の下から、草はしげしげとヤナギを見た。

空き店舗の前で手紙を拾った時、左肩は電器店に向いた感じで、道路に対し四十五度くらいの角度で背中を向けていたはず。なのに、ヘッドライトは横からというより、真後ろから当たったように感じた。それに今し方、五十川は店の中がパッと明るくなったとも言った。前の道を直進する車のヘッドライトで、屋内までそんなに明るくなるものだろうか。

「まるで、からかい半分に年寄りに向かって来て、すっとハンドルを切ったような……」

ばかね。何、被害妄想みたいなことを考えてるの——草は、自分自身を笑った。

だが、一夜明けた水曜の朝には笑っていられなくなった。小蔵屋の表の引戸という引戸が、内側から開かなくなっていたからだ。


三和土に、四十五リットルのごみ袋一杯のグシャグシャな養生テープが置いてある。それを見た久実は、こんなに、と声を裏返した。出勤したばかりで、まだマフラーを外してもいない。

草はデジタルカメラを渡し、数枚の写真に収めておいた今朝の状況を説明した。

店のゴミを出そうとして戸が開かなかったから、鍵は外したっけ、とまず自分を疑い、次に動かない引戸を力任せにガタガタさせつつ、店舗が傾いたのかと庇の方を見上げた。その時初めて、ガラスの向こうに斜めに走る、半透明のテープに気づいたのだった。テープは一本や二本でなく、次から次に目に飛び込んでくる。裏手から外へ回ってみて、あっけにとられた。表側にずらりと並ぶ腰板付きのガラス戸が、一枚も開かないように、養生テープが容赦なく張ってあった。

百聞は一見にしかずで、久実は画像に釘付けになり、口をあんぐり開ける。店前の駐車場に出て、画像と小蔵屋を見比べ始めた。

「古い建材を使った店にテープを貼るなんて、ボロボロになったらどうするの。許せん……ぶっ飛ばす！」

「そんな物騒なこと言わないの」

店内へ戻って交番に連絡しようとする久実を制して、草はなだめ役に回った。

「日時がわかる現場写真はあるし、養生テープは取っておくし、また何か起こったらにしよ。もうすぐ開店の時間だもの」

「どうしてですか。お客さんの車とかに何かされたら困りませんか。ここは店の真ん前だからいいけど、あっちの第二駐車場は目が届かないし。大体、こんな仕返し、大人のやることですか。昨日菓子折りを受け取って、納得した感じだったんでしょう？」

養生テープ、ドリ坊、五十川と連想したらしい。しかし、養生テープがドリ坊に巻いてあった話を久実にしただろうか。

「もしかして、ドリ坊を見に行った？」

「え？　はあ……まあ。ヤナギに興味もあったので。寺田さんも見に行ったみたいです」

「私もね、同じ連想をしなかったとは言わない。でも」

久実は口を尖《とが》らせ、うつむく。

「すみません。いけませんよね、簡単に人を疑ったら。確かな証拠があるわけじゃないし」

久実をたしなめる資格はないと、草は自覚していた。五十川が頭になかったら、とっくに警察へ連絡している。犯人をつかまえるためというより、放ってはおきませんよ、地域のためにも対策しますからね、という意思表示だ。

このうえ、もう一つのことを久実に言う気にはなれなかった。

実は今朝、驚きながら養生テープをはがしていると、引き戸のガラスに黒い大きな車が行くのが映ったのだった。まるで草の様子をうかがうような、ゆっくりとした速度で。恐る恐る振り向いたが、車は左へ行ってしまうところで、隣家との境にある板塀に消えるまでに、かろうじて車体の後ろ半分が見えただけだった。付け回されていると感じ、草はぞっとした。ヤナギの前、三つ辻、今回とすべて同一の車という確証はない。が、今冷静に考えてみても、別々の車と思うほうが無理な気がする。

これきりで終わればよかった。

しかし今度は金曜の午後、額に「呪」と書かれた親指サイズのドリ坊が送りつけられた。長四茶封筒に押された消印は薄くて、場所は特定できない。差出人はなく、宛名は「小蔵屋」。ボールペンの文字は定規を使ったらしき不自然なものだった。

昼下がり、ひどい北風の中に客を見送ってきた久実が、寺田の手元を覗き込んだ。

「これ、いつまで続くんでしょう」

最初は頭にきたけどだんだん悲しくなってきた、と続ける。まあな、と返した寺田は、呪い印のドリ坊をカウンターに置いた。仕事で立ち寄ったが、久実からいろいろ聞かされて立ち話になった。

草は二人に微笑んだ。外車がからかい半分に向かってきた、付け回している、というのは感じ方の問題としても、養生テープと不気味な郵便物は明らかないやがらせだ。ドリ坊を壊した件が、一連のいやがらせにつながったのも明白だった。一つ一つは些細《ささい》であっても、こう重なると気が重い。

午後は客足が伸びず、空もどんよりしている。

コーヒー好きの寺田は、拙者も一杯所望したい、とおどけて場をなごまし、カウンター席に腰かけた。草はコーヒーを出してから、ラジオの音量を少し下げた。地元のＦＭ局は交通情報の時間だ。

寺田はコーヒーカップ越しに、草と久実を見た。

「うちの会社も、同じようなことがあったんだ」

草は藍染めの長座布団を敷いた愛用の木の椅子に深々と座り、久実はカウンターに寄りかかってドリ坊を封筒にしまいながら、寺田の話に耳を傾ける。

「半年くらい前だったかな、門に鎖を巻いて小さな南京錠が取り付けてあったわけ。門の開閉には支障がない箇所だから放っておいた。けど、あとで訊いたら取り付けた人間が社内にいない。気持ち悪がってるうちに、フェンス、トラックの後ろの取っ手と、次々鎖付きの南京錠が増えていく」

「小蔵屋と違って、防犯カメラがあるでしょう」

草が訊くと、寺田はうなずき、近所の独居の老人が映っていたのだと言った。

「うちのトラックに轢かれそうになったからだって言うのさ。若いドライバーが覚えがあると認めたけど、どうも相手のほうが道にふらふら出てきたみたいなんだ」

草は苦笑する。外車に轢かれかかった自分がその老人に重なり、他人事《ひとごと》とも思えなかった。そんな気持ちが寺田や久実にもそこはかとなく伝わったらしく、三人で視線を交わす。

「話し合ってからは何事もなくなったけどさ。ま、あの爺さんは、お草さんとは決定的に違うよ」

「そう?」

「お草さんなら轢かれそうになっていやな思いをしたって、忙しいから、いつまでもそれだけ考えちゃいられないだろ」

「それはそうね。仕事やら家事やらで、頭も切りかわるから」

寺田が一つ息を吐いた。

「楽しそうだったんだ」

久実が訊き返すと、寺田は言葉を足した。

「うちの事務所で丁々発止やってる最中、その爺さんがさ。そりゃ、にこにこしてるわけじゃないよ。感情を爆発させて頭をフルに使う感覚を味わってるというのか……ほら、久実ちゃんだってわかるだろ。スキーする時に笑やしないけど充実してるみたいな感じ」

久実がうなずいた。

「わかります。もしそれが何年かぶりだったら、あっ、まだいける、なんて思ってうれしくなるかもしれない。でもですね、孤独が原因で一つのことに執着しちゃうとしたって」

「ドリ坊を壊された腹いせに何してもいい、って話にゃならないな」

五十川がいやがらせをしているという前提で、会話は交わされている。

でも、と草は心の中で思う。本当に五十川の仕業だろうか。身体を気遣ってくれ、クドウの若い店長と仲よく話していた先日の様子を思い返すと、どうも引っかかる。

贈答品の電話注文が入り、店は急に活気づいた。久実は子機を保留にする。

「フリーカップとコーヒー豆のセット、三千円くらいで五十箱、明日の夕方までにお願いできませんか、だそうです。器のデザインはいろいろがよくて、中身はおまかせで。近くだから取りにみえるそうです」

「明日までね。じゃあ、在庫を確認して折り返しご連絡しますとお伝えして」

おれも油売っていられないな、と言って寺田は出ていき、草は在庫を確認して回る。

在庫数は充分あった。同じ価格なら三商品、一商品だけ色違いがあるから四種類。価格に少し幅を持たせれば、六種類用意できる。が、草は考えた。久実が応対していた電話の様子からして、先方はフリーカップのまちまちの面白さを期待しているらしかった。今から発注すれば、面白いものがいくつか明日に間に合うかもしれない。草がこと思う窯元《かまもと》と若い作家に当たってみると、そういうことなら都合すると言ってくれたので、話がまとまった場合はあらためて連絡するとして電話を切った。これで十三種類用意できる。

草は、久実から初めてのお客様だと教えられてメモを預かり、折り返しの電話をかけた。

「携帯電話なのね。稲井洋《いないひろし》さん、か」

明日客を迎える時には、これが幾つ、あれが幾つと説明できるようにしておこうと考え、先方の喜ぶ顔を想像した。ところが、電話はまったく関係ない女性にかかってしまった。草はリダイヤルのボタンを押して表示された電話番号と、久実から渡されたメモを見比べたが、一つも間違っていない。しかも、久実が電話番号を控える際に復唱して確認をとっていたのを、草も和食器売り場で聞いていた。おかしい。張り切っていた気持ちが一転して気味悪さに変わり、久実と顔を見合わせた。

「ねえ久実ちゃん、稲井洋はイナイヨーってこと……？」

久実は眉根を寄せ、ブルッと身震いする。

「あの……電話をかけてきた人は明るくて話し好きなタイプに思えましたけど、五十川さんは」

草は首を横に振った。

一応待ってみたものの、客から再び電話が来ることはなかった。

つい過敏になり、夜、草は車や風の音に何度も目が覚めた。次の日、郵便配達員から渡された郵便物の束の中に、定規で書かれたような文字の長四茶封筒を見つけるのも造作なかった。開ける気もしないので薄い封筒を透かしてみると、中には毛筆と朱印の、寺でもらう御札のようなものが入っている。しかし、今回は消印がはっきり読めた。草は思わず、手を打った。

「久実ちゃん、これ見て。千葉からだわ！」

「ほんとだ……」

ほっとした。少なくともいやがらせの郵便物は五十川ではなさそうだ。決めつけちゃいけませんね、と言って、久実はこめかみを掻いた。

それにしても、なぜヤナギの小さな出来事が他県まで伝わったのか。

草は久実と話しながら、考えをめぐらせる。あのドリ坊は、けっこうな高値で取引されるという話だった。あちこちにいるマニアは、たとえば五万八千円で売るの買うのと、どこで話すのだろう。

「ねえ、久実ちゃん。やっぱりインターネットかしら」

「ええ。それしかなさそうですね」

カウンター内に入って自分のノートパソコンで検索し始めると、久実が見ていられないといった感じで交代してくれる。草もパソコンを習って少しは使えるが、やはり若い人にはかなわない。土曜で客が多い。接客をしながらの検索は時間がかかった。二時間くらい経って、久実の手招きを合図にまた入れ替わった。老眼鏡をかけて、表示されている画面を読む。匿名の数人のおしゃべりだ。犯人知ってるよ、紅雲町の小蔵屋、気に入らねえ、ドリ坊をいじめるなんて許せない、小蔵屋は客が入ってるよ、ますます気に入らねえ、といった言葉が目に飛び込んでくる。

もう一つ画面があり、養生テープを巻いたあのドリ坊が写真付きで紹介されていた。「ボクこんなにされちゃいました」と写真の下に添えてある。マニア向けのホームページ「ドリ坊ランド」に寄せられた、最新の情報だった。

日付は写真が先、おしゃべりはこの界隈とよそに住むマニアのようだ。壊れた経緯は、ヤナギで交わされた雑談から第三者に伝わったのではないか。千葉からでもインターネットで小蔵屋がどんな店かを調べ、注文の電話はかけられる。

「見も知らない人から単に鬱憤晴らしの対象にされたとなると、どうしようもないわね」

草はため息をついた。世の中は便利になったとつくづく思う。家に居ながらにして、いろいろ調べられるのだから。でも、こうなると恐ろしくもある。

便利さの一部は加速度的に進むあまり、人が本来持つ生きる速度をすっかり通り越してしまっているのかもしれない。手が付けられない魔物となって人を追い回し始めた

——そんな想像をして、草は寒気がした。

その日の閉店後、裏手の住まいには戻らず、明かりを残したカウンターの中で一人自分のために コーヒーを淹《い》れた。

作り付けの棚に並ぶ試飲用の新旧取り混ぜた器から、染付の古い蕎麦猪口《そばちょこ》を選ぶ。骨董と恐れ入るほどのものでもないし、現代のものより小ぶりなのに、しっとりとして目を引く。蕎麦屋やどこかの家で使い継がれてここまでやって来た素朴な歴史が、土の中に記憶されているからだろうか。古材、漆喰壁、三和土のこの店舗も似たようなものだ。自然の素材や伝統的な技術の中に、理屈抜きにほっとできる何かが潜んでいる。

紬の身体を木の椅子に預け、蕎麦猪口を両手で包み、ミルクと砂糖を入れたコーヒーを味わう。細く開けてある小窓からは、今夜も橙色《だいだい》の明かりに照らし出された観音像が丘陵の上に見える。雨音が聞こえ始めた。

「帰っておいで……か」

戻る場所はここだろうと、草は実感した。

たとえば、と想像してみたのだ。

何もかも失って、知らない土地に放り出されたら、と。

一度はがっくりするだろうが、きっと一枚の紬か、あるいは一つの器かを手に入れて、こういう空間や時間を作り始めるに違いない。紅雲町でもなく小蔵屋でもない、懐かしくて新しい場所、決して地図に記せないここへ戻ろうとするはずだ。年を取りすぎてそれもできないのなら、目を閉じて、なれしたしんだこの感覚へ帰ることだろう。家族はいなくなって久しいが、どうやらまだ帰るところはあるらしい。そう思うと心丈夫だ。

人に話したなら、おかしなことを考えて、と笑われそうだと自覚しつつ、草は空想する。それでも、こんなふうに長年ああだったらこうだったらと考えた末に、小蔵屋は形になり、こうした暮らしを築いたのだから、まんざら無駄でもない。

ガラス戸がノックされた。

一人だけの時間から抜けでた草は、戸口まで行って、和紙のブラインドの隙間から外を見た。建築家の弓削真澄が立っており、にこっとして、閉店時間過ぎにすみません、と言う。波打つ長い髪やトレンチコートに、きらきらと雨粒が光っている。草は引戸を開けて招き入れた。

「バスの時間まで二十分あって。明かりがついていたから、失礼かと思いながら来てしまいました」

「どうぞ。ちょうどコーヒーを淹れたところ」

弓削の相手をうなずかせる力強さが、草には面白く映った。建築の現場で想像を形にするには、こうした能力はいかにも必要そうだ。

身体の一部のようなトレンチコートのままカウンター席に座った弓削は、草がコーヒーを出すまでの間に、小蔵屋の造りと、和食器の品揃えをほめ、喫茶店ではなくコーヒー豆を売るための試飲を無料で行っていると知って、なるほどと感心した。好奇心と意欲が現れた顔に、仕事終わりの疲れがにじむ。草がおしゃべりを控え気味にしていると、弓削は半ば安心したように黙ってコーヒーを味わい始めた。

自分が食べようと思って用意していた鳴門金時のきんつばを、草は出してみた。弓削はうれしそうに食べる。

「コーヒーに、鳴門金時のきんつば。意外と合いますね」

「ええ」

「食べ始めたら、おなかが空いてるとわかりました」

「そんなものよね、仕事に夢中な時は」

弓削は唇を横に引いて、微苦笑する。

雑誌には確か、四十歳とあった。評価され始め、仕事が面白くてしかたない頃ではないか。その分、人にはわからない重圧や責任があるだろう。草は自分の同じ頃を考えてみた。雑貨屋だった小蔵屋で表面的には元気に働いていたが、内心は離婚や息子を亡くした失意からまだ立ち直りきれず、前途はただ茫洋としていた。

弓削が手がけている病院の施主を知っていること、なぜヤナギの改装を請け負ったのか、話してみたいことはあったが、くつろぐ彼女を前に遠慮し、静かなピアノ曲をかけた。

弓削は何を思っているのか、空になった真っ白な粉引《こひき》の角皿を手にして眺めている。一曲目が終わらないうちに、車が表に横づけになった。一枚だけ和紙のブラインドは上げてある。

「あら、誰かしら」

エンジンをかけたまま、人が降りた。やがて弓削さん、弓削さんと呼びながら、クドウの若い店主が雨の軒先に飛び込んできた。自分でガラスの引戸を開け、ごめんください、本当は用事があって来たんですけど、と草にぺこりとお辞儀をし、今度は弓削にしかめっ面をする。雨が降ってきたから弓削さんを捜して駅まで往復したんです、だからお送りすると言ったのに、と。声を張り上げるわけでもないのに、エネルギーの塊が小蔵屋にやって来たようで、草は目が覚めた思いがした。

工藤は、急げば次の新幹線に乗れると弓削を急き立て、すぐ戻りますから少し待っていてもらえますかと草に頼み、弓削を乗せて出ていき十分くらいで小蔵屋に戻ってきた。コーヒーを勧めると、僕まですみません、と明るく言ってカウンター席に座る。

草は、住まいの方から持ってきたレーズンサンドを出して自分も食べる。弓削ではないが、食べ始めるとぐうっと腹が鳴った。

「なんだか、工藤さんが弓削さんのお世話係みたいね」

「実際そうなんです。僕が手紙を何度も書いて、ヤナギの改装を安く引き受けていただいたので。その分、働いてカバーしないと」

「そういうことだったの。手芸店の千景さんも喜んだでしょう」

「はい。ヤナギも古すぎるから少し何とかしなくちゃ、とずっと言ってましたから。それが手紙を書くきっかけだったんですけどね」

「なるほどね。で、用事って？」

「あっ、そうだった」

工藤は手にしていたレーズンサンドを一気に口に入れてしまい、ダウンベストのポケットから、箸置きにちょうどいいような銀色の細長く四角いものを出した。

「防犯カメラの画像です。せっかく取っておいたから持ってきました。この銀色のものはＵＳＢメモリといって、画像が入れてあって、パソコンがあれば見られるんですけど」

「あるにはあるけど、私にできるかしら」

「と思って、一枚印刷してあります」

工藤はそう言って、ポケットから写真も出した。用意がいい。草は礼を言って両方を受け取った。首にかけている紐をたぐって懐から老眼鏡を出し、写真を見てみる。

写真は画質が悪かったが、それでも車は記憶と一致した。三つ辻や早朝の店前で見かけた車とも似ている。運転手も黒っぽいスーツを着たきちんとした印象の男性だ。防犯カメラはクドウの売り場と工房前を撮っているから、さすがに草の姿は写っていない。

「これはロールスロイス？」

「ええ。よくご存じですね」

「今度見かけたら、とっちめてやりたいところだけど」

工藤はくすりと笑ったあと、手紙が落ちていたそうですね、と言った。五十川から聞いたのだろう。草が奥から取ってきて見せると、ふーん、と気のない反応をする。

「工藤さん宛てじゃなさそうね」

「僕の実家は、駅の近くのマンションなんです」

「それじゃ、帰っておいでもないか」

ということは、残るは手芸店となる。姑宛てとは考えられないから、千景宛てなのだろうか。

「捨てていいのかもしれません。落とし主は、また新しく書いて出しますよ」

草はうなずいた。考えてみれば、そのとおりだった。帰っておいでの一言にいろいろ思い、とらわれすぎていたのかもしれない。

「古い人間は、手紙となると簡単には捨てられなくてだめね」

「わかります。僕も、メールは消せないから」

違う、と言いたかったが黙っていた。相手を思い、言葉を選び、手で記すということは、一文字を書く間にも考えるということだ。たいていの人はその重みが感じ取れるから、手紙をおいそれと書く気になれないし、もらえば忘れがたいのではないだろうか。

そう思うと、あの時見た五十がらみの男性の迷う姿が彷彿《ほうふつ》として、手紙を捨てるのは忍びなくなってくる。困ったものだ。

「手紙を拾ってからごたごた続きだったから、この辺でさっぱりしたいわ」

いやがらせが止むのも続くのも相手次第だから、願いを込めてそう言った。

「すみません」

五十川の代わりみたいに謝るので、草はちょっと驚いて工藤を見てしまった。

「あっ……いえ、杉浦さんも轢かれそうになったうえに、ドリ坊の弁償を迫られて大変でしたでしょうけど、ドリ坊は養生テープを勝手に巻かれちゃってたし、五十川さんも変な励ましの手紙が千葉から届いたりして、けっこう大変みたいなんです。……あの、杉浦さん、どうかしましたか」

なんだ、五十川電器もうちのようないやがらせを受けていたんだ——胸をなでおろした草は、ううん、なんでもない、それよりお草でいいわ、みんなそう呼ぶから、と返した。

工藤を見送ると、久実に連絡しないではいられなかった。

「もしもし久実ちゃん？　仕事のあとにごめんなさいね。いいことがわかったの。五十川さんのところもね、同じ迷惑をこうむってたのよ。そうそう、注文の電話だって五十川さんの感じじゃなかったわけでしょう。だから、あれは全部、五十川さんのしたことじゃないのよ」

おかしなことだ。いやがらせの事実は変わらないし、いつ終わるかもわからないのに、五十川ではなかったと思うと妙に心が軽くなる。

三月に入って最初の定休日、草は気分転換に駅近くの美術館まで出かけ、ついでに、弓削が設計を手掛けた病院を見に駅の反対側まで足を延ばした。

病院は足場も取れ、通りからでも目立つようになっていた。大型電器店の広い駐車場の向こうにあり、あの緑の中にあるガラス張りの白い建物は何だろうと思わせる。凝った形で恰好がいいから、現代アートの美術館や、美容サロンと勘違いされても不思議はない。四角い鳥かご、あるいは温室の、向かって左側面をちょっと右に向かって押した感じとでも言おうか。屋根は右上がりで、十五から二十度くらいの傾斜がついている。両側面も、右に少し傾いている。左側は十五から二十度くらいの角度で、右側はそれより小さい角度で。

草は、雨の日を思い描いてみた。雨だれは屋根を滑り落ち、左側のガラスを伝うことだろう。右側のガラスは、風のない日なら濡れもせず、庭に降る雨を眺められるのかもしれない。掃除が大変そう、などと考えた自分を、草は笑った。定期的にプロが清掃するだろうから、小蔵屋とは違うのだ。

近くまで行くと、ちょうど妻のほうの医師がいて中へどうぞと案内してくれた。

院内はそれこそ温室のようにあたたかい。天井高のある、開放的な空間だ。おおざっぱに捉えれば、さいころのような形の真っ白い箱に、例の白い骨組みとガラスの覆いをかぶせたような構造になっている。覆いのほうは、半分ほど白い天井や壁もあり、実際は全面ガラスではなかった。中の箱には、診察室やレントゲン室など医療に不可欠なものがおさまり、その外には廊下や待合室や喫茶のスペースが作ってある。そこも少しばかり凝っていて、覆いに対して、中の箱の置き方がずらしてある。床面のみで言えば、画用紙の上に、四辺が平行にならないように、折り紙をのせたような具合だ。だから、ガラス張りの空間には、単なるまっすぐな廊下も、四角い待合室もない。派手なわけではないのに、見れば見るほど病院とは思えないモダンな造りなのである。

若干工期が延びているそうで、弓削も頻繁に訪れるという。

草は、弓削がヤナギの改装を請け負っているとか、小蔵屋に寄ったとかは話さなかった。余計なおしゃべりは控えるつもりもあったが、少々気分が悪くなり早く帰りたくなったせいもある。着物や器以上に、身体は大切だ。無理をしないことにし、タクシーに乗って帰宅した。そういえば、このところ気のめることが多すぎた。

少し血圧が高いくらいで元々が丈夫だから、帰ってしばらくすると気分の悪さは治まった。一晩寝たら、もう大丈夫だよと身体から声がした。

小蔵屋に対するいやがらせが五十川でなかったと思うと、外車が引き起こした騒ぎも半減するように感じられ、工藤からもらった写真を気軽に久実や寺田に見せられた。草が銀色の四角いものを渡すと、USBメモリですね、と久実は言い、それを使ってパソコンに防犯カメラの画像を出した。寺田もカウンター内に入って見る。

「実はそれらしき車を見たの。三つ辻と、小蔵屋の前で」

寺田は久実と一緒になって、それはいつか、どんなふうだったかと質問してきた末に、朝となるとやっぱりあれだよ、と言って久実を見た。久実がうなずく。わからないのは草だけだ。

「あれって？」

寺田と久実は、友人たちに声をかけ、例の外車を捜してみていたという。すると、久実の友だちから、勤務先のファミレスに朝それらしき車が時々来ると連絡があった。また来たと電話があったら、久実が行ってみようと思っていたらしい。

「久実ちゃんがファミレスに行って、どうする気なの」

「訊いてみるんです、お草さんを轢きかけたかどうか。もし認めたら、小蔵屋まで引っぱってきて――」

勇ましいよなあ、おれはまだそこまで考えてなかったよ、と言って、寺田が笑う。

翌日の午前八時、小蔵屋から一番近くにあるファミリーレストランに、品川ナンバーのロールスロイスは停まっていた。

出かけて行ったのは草自身だ。あまり事を荒立ててもと思ったから、自分で行ってみると久実に話し、彼女の友人から連絡があったら教えてほしいと頼んでおいたのだった。

草は自分が乗って来たタクシーを駐車場の片隅に待たせておき、メモを持っていって車を確かめた。久実が友人から教えてもらったというナンバーとも合っている。磨き上げられた車の中には荷物一つなく、運転席側のドアポケットに市内のホテルの駐車券が置いてあるのが目立った。

視線を感じて顔を上げると、例の運転手らしき整った身なりの男が窓辺にいて、目が合った。グラスを持ったまま動きを止めている。草も相手を凝視した。やがて男は走り出てきた。遠目には若いが、近くに来ると五十を過ぎているようにも見える。

「すみません、すみません。先日は失礼いたしました。ぼうっとしていたんです。あとで心配になってあちらの方へ様子を見に行きましたら、お着物と傘の方がいらして、やはり小蔵屋さんで……あの、私はこちらの出身なので小蔵屋さんは存じてまして……お元気そうだったので大丈夫かと。私は運転手として雇われており……その、うっかりしますとクビになりかねなくてですね……今も謝罪にうかがおうかと悩んでおりました。本当です。できましたら、穏便にお願いできませんか」

草は、轢かれかかったあとドリ坊の弁償を迫られたあげく、見も知らない人たちからいやがらせまで受けて困っていることを話した。

「あの時、車を降りて謝るべきでした。申し訳ありません。ただ、あの時は――」

弁解を聞くうちに、草は馬鹿らしくなってきた。面と向かうこの機会がなかったら、運転手はどうするつもりだったのだろう。

話し続ける男を残し、タクシーに再び乗った。ここまで足を運んできた上に、相手の言い分を最後まで聞くほど、お人よしでもない。本当に謝る気があるのなら、自ら動くはずだ。

それでも、話を聞いて安堵したところもあった。運転手は悪意から車で迫ったり付け回したりしたのではないらしい。自分の被害妄想的な思い込みがせつなかった。孤独な年寄り。そういう括《くく》りの中に自分も入っているのだと思うと、やるせない。

夜は早く休み、おかげで翌朝は四時前から目が覚めた。よく眠ったから、身体は軽い。

草はこのところ由紀乃のところに食事を届ける機会がない分、自分の食事まで手抜き気味だったことを反省し、台所へ入った。冷蔵庫には冷凍の黒豚の塊肉がある。時間がかかる豚の角煮を作ることに決め、保温調理鍋に豚肉を入れておく間を使って、いただきものの蕗《ふき》の薹《とう》を蕗味噌にし、きんぴらごぼう、ゆずを入れた白菜の浅漬けなども作る。手元や鍋の中に集中する間、余計なことは何も考えない。ぐうっと腹が鳴る。なかなかこの年寄りも元気だ、と自分自身で思う。

朝食前の日課があるので、支度をして住まいの玄関を出た。空は明るいが、まだ日の出前。戻ってきたら、豚の角煮の仕上げでちょうどいい。

店の横へ回ってきて蝙蝠傘をついた時、草はおかしな音を聞いた。ビービッビッ。ビッ、ビー。聞き耳を立てると、ビーという音はかなり大きく、店の前の方から不規則に何度も聞こえる。角から首を伸ばして店前を見てみた。目を疑った。

五十川が養生テープを小蔵屋の引戸に貼っている。それも、白い息を放って真剣に。

恐ろしいものを見た気がして、草はいったん引っ込んだ。頭が混乱した。

五十川電器は、小蔵屋と同じいやがらせを受けていたはず。なのに、どうして——。

「あと、どこ」

五十川が、控えめな声を発した。

「いいよ。おれがやる。社長は指示してくれれば」

「ここで最後か？　完成か？　えっ、あとここ？」

一人でしゃべってる——草は羽織っていたショールを胸にかき寄せた。いよいよだ。まだ六十代半ばだというのに、どうしてしまったのか。あわててもしかたがない。今一度様子を見てから、手芸店やクドウに連絡してみよう。

草は意を決して、そうっと店の表へ出て行った。

店先にしゃがんでいる老人がいた。さっきは五十川の陰になって見えなかった場所におり、養生テープが貼られてゆく様子を真顔で見つめている。老人のえび茶色の毛糸の帽子に、草は見覚えがあった。いつだったか、傷ついたドリ坊の頭をなで、嘆くかのように首を左右に振っていた人だ。

無言の老人は震える手であっちこっちと指差し、五十川は慣れた様子でその指示に従う。どう見ても、初めてとは思えない。

「さ、いいか。どうだ、社長」

養生テープだらけの引戸を前に、五十川が胸を張った。社長と呼ばれた老人はにっこりと実に満足そうに笑い、手を打って完成を知らせた。

「さあ、社長。これで悪いやつは閉じ込めた。ドリ坊の敵討ちは終わりだ。帰ろう」

そう言ってから、さっさと戻ってこないとまた片付け損ねちまう、と独り言をつぶやく。

老人は膝に柱にと手を突いてゆっくりと立ち上がり、残りの養生テープを受け取る。歩き出したものの危なっかしい足取りだ。五十川は後ろから付き添う。行いの善し悪しに目をつぶれば、いたってほほえましい光景なのだった。

店の様子をうかがって振り返った五十川は、やっと草に気付いた。先を歩く老人に聞こえないように注意して、草は言った。

「これから散歩に出るから。片付けが終わったら、コーヒー飲んでいって」

草が戻ると、店は何事もなかったように片付いていた。

五十川はいなかったが、九時過ぎに訪ねてきて頭を下げた。開店前の小蔵屋のカウンターに座り、熱いコーヒーを前に訥々《とつとつ》と語り出した。

あの老人は、五十川の父親と懇意だった人で、課長以上になれなかったから洒落《しゃれ》で社長と呼ばれていたのだそうだ。五十川を時々五十川の父親と勘違いするくらいなのだが、今回ドリ坊には変わらない執着を見せ、ドリ坊に養生テープを巻いたあとも、小蔵屋に敵討ちに行くと言って譲らない。五十川はとうとう根負けして、ついてくるはめになった。

「最初は見てたんだが、どうも手伝ったほうが早いし、思うように貼ってやれば社長の気も済むと思って」

「でも、これで何回目？」

「三回目」

草が笑うと、五十川も初めて表情をゆるめた。

「おやじがさ、ぼけた末に言うのさ。帰る、帰るって」

亡くなった父親のことだ。

「帰るったって自分のうちなのに、どこへ帰る気なのか。危ないから止めたさ。二階に閉じ込めた日もあるし、腰に紐をつけて柱に括り付けた日もある。いろいろ言われたが、辰川に落ちた時に、その人たちが面倒を見てくれるわけじゃない」

「ええ」

五十川は、コーヒーに視線を落としている。

「でも、一人になってから思ったよ。どこへ帰る気なのか、付き合って歩いてみたらよかったなって。帰りたい場所があるなら、どこまでも一緒に歩いてみりゃよかった……」

草は近くの小引出しから牡丹餅柄の手紙を出して、五十川には見えないように広げてみた。この帰っておいでの一言を、五十川は以前、涙目で見つめていた。自分の父親に付き合えなかっただけに、今回あの老人に付き合ってみたのだろう。

「社長さんは満足したかしらね」

「さあ。おれも付き合いきれないから、今日あたり娘さんとこに連絡しておくよ」

五十川は、さっぱりした表情で言った。

表に車の音がした。駐車場に入ってきたのは、例のロールスロイスだった。あの運転手が降り、デパートの紙袋を提げてやって来る。五十川も車を見て、目を大きくした。

「なんだい。ずいぶん豪勢なお客さんだ」

「ほんと」

偶然の賜物《たまもの》の朝は、三月の光にきらめいている。火の粉や灰はかぶりたくないけれど、あれがあったから、こんな忘れがたい景色にも出会えるのだ。

草はそこまで来た客のために、もう一杯コーヒーを淹れた。

第二話　貫入

春らしく霞《かす》む午後、用事があって出かけた草は、ついでにヤナギに向かった。買い物に十五分ほどかかっても、四時過ぎには小蔵屋に戻れる。

水上手芸店で真田紐を買おうかな、と思ったからだ。いろいろあって、結局買わずじまいになっていた。朝、今年初めて桜柄の帯を選んだ時からなんとはなしに、そんな気があった。

建て売り住宅が並ぶ方から、辰川橋を左手に見てクドウの前まで行くと、歳月が艶《つや》に変わったような北欧風のテーブルに、真っ白い建築模型が置いてあった。他に書類、白いマグカップが四つ、横のウォーマーには耐熱のガラスポットに紅茶らしき飲み物がたっぷり用意されている。その向こうには、波打つ長い髪を垂らした弓削が立ち、古雑貨や古家具を眺めていた。

どうも、改装の打ち合わせが始まるらしい。水上手芸店の千景はもちろん、五十川電器の五十川も集まるのだろうか。

草は小さなため息をつき、またにしようと思って一歩足を引いた。でも、弓削から目が離せなかった。

彼女は工藤がいるのだろう奥をうかがいながら、年季の入った書棚のようなショーケースの、ガラスの引戸をこっそりと開けていた。指をくちばしみたいにまとめて手を入れ、上の棚にいくつかある写真立てのうち、手前の一つを棚板に伏せて左奥へ押しやってしまう。それも、そうっと。

草は、来た方へ蝙蝠傘をついて帰り始めた。指が長い大きな手と、引戸を閉めて満足そうにショーケースのその棚を眺める弓削の横顔に、何歩かの間とらわれていた。


雨が数日続いたあとの午後、若い主婦が和食器売り場で、うっ、と急に太い声を出した。

ピンク系のかわいらしい服装の彼女に、いかにもその声は似あわず、連れの主婦グループと他の客、草、久実と十数人いるみんなの視線を一遍に集めてしまった。

「割れて……る？」

やわらかい地声に戻っての一言に、くすくすと笑いが広がり、草も久実と顔を見合わせて微笑んだ。

彼女が熱心に見ていたのは、展示棚にある、粉引の片口《かたくち》。

赤土の道に溶け残った雪が凍り、固くひび割れたような景色をしている。

三月上旬の今頃は、北の山に行けば火口湖周辺にこうした冬の名残が見られるから、草にとっては、去りゆく季節と訪れる春を思う器だ。

ところが、急に太い声を発した客は、二万円を超える品が割れていると思って驚いたらしい。そういう器なの、と連れの一人に教えられ、その場にある「貫入《かんにゅう》」の説明書きにざっと目を通すと、顔を赤らめて周囲の人々を見回す。試飲のためのコーヒーを淹れていた草は、ほほえましく思った。他の客も同じような気持ちなのだろう。昼下がりの店が、一段となごむ。

ひびは貫入といって、釉薬《ゆうやく》と素地の収縮率が異なるためにできる。青白磁の浅皿などにまんべんなく入ったものなら装飾的だから、若い彼女でもびっくりしなかっただろうが、あの片口の貫入は、注ぎ口のない側にクモの巣のように集中し、何本かが縁の方へ向けて散っているから、誰かが落としたように見えなくもない。

テーブル席からお盆を抱えて戻ってきた久実が、カウンターに入り、草にささやいた。

「あのコーナーいい感じですね」

草は小さくうなずき、カウンターにいる二人の客にも視線を投げる。ヤナギの工藤と、建築家の弓削だ。別々に来て、並んで座っている。

してやったりという顔をした工藤が、わけを知らない弓削に説明する。

「僕のアイディアがもとなんですよ。自分で作り始めると、学びたくなるものでしょ」

波打つ長い髪を揺らしてうなずいたものの、まだよくわかっていない弓削に、草は二枚のパンフレットを差し出した。

パンフレットの一枚は、近くの公民館で行われている週替わりの工芸教室のもの。もう一枚は、丘陵の中腹にできた陶芸教室のもの。公民館の工芸教室にも陶芸、漆《うるし》工芸、木工芸などがあって、生徒の中から小蔵屋に立ち寄る客が増えている。作陶に関心のある客に向けて用語や種類について学べる工夫をしたらという工藤のアドバイスを、実践してみたのも功を奏したようだ。現在は牡丹餅、貫入、胡麻《ごま》を取り上げている。絵付けと異なり、火や素材などの自然まかせの要素が大きい景色を選んで説明書きを作り、値ごろな品も添えてみた。

「そういうことですか」

スカーフをネクタイ風に巻き、グレーのスーツを着こなした弓削は、やるわね、と隣の工藤をほめた。例によって山登りのような格好の工藤は、照れ笑いを浮かべる。

実は、工藤は丘陵の陶芸教室で助手のアルバイトをしていた。古雑貨と古家具を売るだけでは生活できないからだそうで、夜はホテルのバーテンダーもやっている。どちらも毎日ではなく、週三、四回。本業の古家具・古雑貨店の営業日が土日祝日のみというのも、うなずける。

工藤が、先ほどまでしていた話に戻した。

「それにしても、幹子《みきこ》さんが反対するなんて意外だったな」

水上手芸店の姑幹子から、ヤナギの改装について思いがけない反対の声が上がったのだそうだ。幹子は九十一歳なりにぼけがあり、ほとんどベッドを出ないから、改装を強引に中止させることはないが、計画を察知してハンストで抗議している。隣の五十川電器との境の壁は壊してはいけない、が幹子の昔からの教えだったとか。

境の壁を壊すのかと草が訊くと、弓削は肩をすくめて微笑んだ。

「いいえ。強度を検査して直すだけです」

「なぜ、幹子さんは壁を壊すなと強く言うのかしら」

草はあえて、言う、という言葉を選んだ。ハンストは発言ではないが、命がけの主張だ。

「さあ。理由は、千景さんにもよくわからないそうで」

答えを求めるように、弓削は工藤に視線を投げる。

「僕も知らないけど、昔あの二軒は仲が悪かったのかなと想像してるんです。弓削さんも聞いたでしょう。どうしてなんですかね、って五十川さんにたずねたら」

「ああ、そうね。親父がなあ、なんておっしゃって、そのあとは黙ってしまったわね」

その辺のことはさっぱりわからない草は、二人のやりとりを聞きながら、幹子のことを考えた。

水上手芸店の幹子といえば、入口際の明るい場所に座り、刺繍《ししゆう》をしていたものだ。客にも、通行人にも、気持ちのいい挨拶をしてくれた。ふわりとしたスカート、体つき同様ふっくらした手、四角や丸の木枠、芯から光を放つ色とりどりの糸。思えば、刺繍のある小物を売ったり、教えたりが、あの手芸店らしさだった。

「幹子さん、今朝は食べたかしら」

草が言うと、何を心配しているのといった調子で、工藤と弓削が破顔した。

「お医者さんには素直なんだそうです。今日も往診で点滴や注射をするみたいだから、大丈夫でしょう」

「私も一本お願いしたいくらい」

口からものを食べないと刺激を失って老身にはよくない、と思った草だったが、言わなかった。相手が誰かわかる状態でハンストをしているなら、周囲が意に介していないことも幹子には伝わっているのではないだろうか。

「じゃ、僕は午後のクラスが始まるので、お先に」

工藤は、コーヒー豆が入っている手提げの紙袋と、脱いであった薄手のダウンベストを持って立ち上がる。

弓削も、コーヒー豆を大ぶりのハンドバッグにしまい込み、腰を上げた。

「今日は泊まりだから、一杯飲みに行くかもしれないわ」

「お待ちしてます。千景さんから預かる書類は、フロントに届けておきましょうか」

「ああ、そうね。お願いします」

ヤナギの改装を請け負い、工事が始まる直前まで進めてきた弓削は、工藤のアルバイトについてもよく知っている様子だ。

ごちそうさまでした、と言って出ていく二人を、「とう」のところがぴょんと跳ねて高くなる独特の「ありがとうございました」で送り出す。今日は工藤だけでなく、弓削も東京から車で来ていた。

カウンターに忘れられていた陶芸教室宛ての領収書を、久実がさっとつかんで表の駐車場まで工藤を追う。領収書に気付いたのは草が先だったが、あら、と思っている間に、久実は戸口を走り抜けていた。

若さと春の日差しに目を細めた草は、鳴り始めた電話に出た。

相手は男性で、佐々木《ささき》と名のった。どちらの、と訊くと、先日おうかがいした運転手の佐々木です、と答える。思わず草は、まあ、と言った。

電話をかけてきたのは、草を轢きかけた例のロールスロイスの運転手だ。電器店の五十川がいた朝に謝罪にやって来て、ドリ坊の修理の手配から費用の負担まで約束し、菓子折りを置いていった。草は、ほっとして佐々木を帰し、菓子折りは五十川に持たせたのだった。

「先日はどうも。今日はどういった……」

佐々木は名前もそうだが、印象が淡かった。草が今思い出そうとしても、高級外車とスーツ姿が浮かんでくるだけで、顔がはっきりしない。自分の存在を目立たせない仕事柄だからだろうか。

「折り入って、ご相談がありまして。今、お電話よろしいでしょうか」

「はい、あ……少々お待ちください」

会計カウンターに、客が二人並んだ。

草が腰を軽く折って、閉店の七時過ぎに改めて電話をしてほしいと言おうとしたところ、久実が外から戻ってきた。レジを頼んで千本格子の戸の奥に入り、すぐ左手の事務所で電話を取り直した。

「すみません。お待たせしました。どういったお話でしょうか」

「先日のお詫びに、ヤナギの改装費用を、一部負担させていただきたいと」

はい、と相槌《あいづち》を打ったものの、唐突な話だし、なぜそれを小蔵屋に言ってくるのか、と草は不思議に感じた。佐々木もその点の説明を早くと思うからか、話を続ける。

「私ではなく、私を雇っている方からの申し出なのです。実は先日お話ししませんでしたが、私は紅雲町でこういう失敗をしてしまったと、雇い主に報告いたしました。そのうえで謝罪にうかがったわけでして」

「まあ。じゃあ」

「クビにならずに済みました。それどころか、よく正直に報告したと言われました。ですから、お恥ずかしい話なのですが、ドリ坊の修理代は私が出すわけではなく」

「雇い主の方が」

「そのとおりです。それから、さらに……小蔵屋さんにうかがったあとの報告の際に、ヤナギの改装について触れましたら、もしかしたら車を当てて店舗まで壊していたかもしれない、少し出させていただこうと」

草は何度目かの、まあ、を言った。寺田の話によるとあの外車はこの辺の建て売り住宅を買ってもおつりがくる値段だそうだから、雇い主の金銭感覚は普通と一桁《けた》二桁違うのかもしれない。

そんな気持ちが表れて、電話に妙な間ができた。

言葉を継いだのは、やはり運転手のほうだった。

「何と言いますか……変ですよね。この不景気に優雅すぎる」

完全に仕事を離れたものの言い方だったので、草は小さく笑ってしまった。同じような笑いが、電話の向こうにもする。

「杉浦さんお一人にお話ししてもこうですから、ヤナギへうかがうと、たいへん分が悪いわけでして」

「あちらは、三店舗ありますからね」

草も、やっと話が呑み込めてきた。

「私について行けと」

「すみません。そのとおりです。ずうずうしいお願いなのですが、この話を断られるという失敗は、間違ってもしたくないのです」

明るい声のどこかに、切羽詰ったものが潜んでいた。

——うっかりしますとクビになりかねなくてですね……。

運転手が轢きかけたことを認めて言った言葉が、草の耳に残っていた。ファミリーレストランの駐車場でのことだ。雇用は、雇い主の胸一つにかかっているらしい。力になってもいい。しかし、運転手や雇い主をよく知りもしないのに、安請け合いもできなかった。

「わかりました」

ありがとうございます、という飛び上がらんばかりのうれしそうな返事に対し、草は冷静な声で続ける。

「いえ、ついては行けませんが、こういうご相談があったと、ありのまま話しておきますよ。そうすれば、頭から変に思いはしないでしょうから。最終的には、施主である水上手芸店の千景さん次第ですね」

早ければ明日にでもヤナギへ出かけたいのでお願いします、と運転手は言い、胸をなでおろしたようにもう一度礼を述べ、電話を切った。

草はその場で、水上手芸店に電話をかけた。

電話番号も調べなければわからないのだから、近くて遠い関係なのだと、あらためて思う。話を聞いた千景は、まずは会ってみてからですね、と言った。冷静に判断してほしいので、草としてはよかった。千景によると、建築家の弓削が口をきいてくれて、すでに改装費用は値引きできたらしい。春は賃貸物件の入れ替わりなどもあって工務店が忙しい。多少工期が長引いても他の仕事の合間を縫って進めてかまわないから、その分、建材の仕入れを他と一緒にして安くできないかといった交渉が功を奏したのだそうだ。

幹子の様子はどうなのか、食べたのかと気にはなったが、草はたずねるのを控えた。あまり立ち入ってもいけない。

「それじゃ。そのうち、真田紐を買いに行きますから。あります？」

「はい。お待ちしてます」

「本当は紐を買いに行って、あの騒ぎになったの」

あらそうだったんですか、と千景が笑いを含んだ声で言った。

定休日、草は久しぶりに由紀乃を訪ねた。電話は数回したが、最後に顔を合わせたのは、ひと月ほど前になる。

頼まれた荷物を提げた草は、あらかじめ電話をしておき、庭から家に上がった。

由紀乃が脳梗塞で倒れたあと、長男杜夫の発案で家はバリアフリーになり、新築マンション並みに機能的で現代風になった。リビングは、日差しがいっぱいであたたかい。

しかし、ソファにいた由紀乃は、草の顔を見てうれしそうにしてから、うんざりしたような眼差《まなざ》しで、室内を見回した。

由紀乃の向かいにある、いつも草が座るほうのソファの肘かけには、男物のカーディガンと厚手の靴下が無造作にかかっており、薬袋やお茶道具などがあるローテーブルの上にも床にも、週刊誌とスポーツ紙が何部も置いてある。キッチンカウンターの向こうの換気扇下には吸い殻が残る灰皿が、ダイニングテーブルの上には胃薬の箱と水の残ったグラス、ドリンク剤の空瓶、買って未開封の下着類、ノートパソコンと付属機器が、椅子の背にはパジャマのズボンだけがと、いたるところに杜夫の生活が覗いている。本来独居である母親の穏やかな日常を、多忙な杜夫が侵食していた。

見てちょうだい、これが杜夫の親孝行なのよ。

言わずもがな、丸眼鏡の奥の目がそう訴える。草は、声を上げて笑ってしまった。由紀乃も噴き出す。二人とも笑いがおさまらない。

草は涙目になりながら、紙袋二つをキッチンカウンターの隅に置いた。春休みに九州からやって来る杜夫の妻や子供たちのために、おみやげや商品券などを、由紀乃は早ばやと用意したのだ。買い物を頼む一昨日《おととい》の電話でも、東京の本社に年度末まで連れ合いを取られたあげく夫にここへ呼びつけられる嫁を、とても気の毒がっていた。

「も、杜夫さん、夜遅い？」

「やだ、草ちゃん、声、ふっ震えてる」

「由紀乃さんだって」

「あら、やだ……何訊かれたの、私」

由紀乃は、さらに笑って丸い身体を揺すりつつ、曲がってこわばっている不自由な左腕の脇に茶筒を抱え、右手で蓋《ふた》をゆっくり開ける。後遺症はあるが、お茶は淹れられるし、財布を開けて現金を出すことも、多点杖を使って邪魔なスポーツ紙を端に寄せることもできる。

頼まれものの精算が済む頃には、草はお茶をすすり、最終の新幹線に乗り遅れた杜夫が東京のビジネスホテルに泊まったことまで聞いた。ホテルに泊まるとなぜ連絡しなかったの、する間がなかったんだ、と口喧嘩になった日もあったそうだ。

「家政婦さんは？」

由紀乃は、小さく首を横に振った。

「三時からにしてもらったの。終日だと、こちらが気を遣ってしまって」

電話では一切出なかった話だった。家政婦を頼む間、気心の知れたヘルパーの利用は控えるというのは、草も聞いていたのだが。

「いつから」

「先月の終わりから」

「だったら、もっと早く言ってくれたらよかったのに。そしたら、作り立てのお昼だって、たまには持ってきたわよ」

由紀乃を責める口調になっていると気付いたが、草は、水くさいと思っただけだから、そのまま最後まで言い切った。

気まずい間ができた。

由紀乃はひっそりと微苦笑する。昼間をさっさと元のペースに戻すのも長男に悪い気がし、息子を亡くした親友をここへ呼ぶのもためらわれて、何日も過ごしたのだろう。

草は、さてさて、と言い、ローテーブルから週刊誌をまとめて床に下ろして、食事する場所を作った。それ以外の片付けに手は出さない。この混乱は、実家から東京まで片道一時間の新幹線通勤をすると決めた杜夫の、やはり親孝行なのだ。ストレスが多少増加したにせよ、明らかに由紀乃は受け答えが速くなった。血色もよく、目の動きまで機敏になったようだ。

もう一つの紙袋から、草は手作りのちらし寿司を出した。しみの浮いた手で、鴇色《ときいろ》の小花模様の風呂敷をほどくと、朱塗りのぽってりとした浅鉢が現れる。ラップ越しに中を覗き込んだ由紀乃は、おいしそう、と丸顔をほころばせた。その途端、草の胸もやわらぐ。菜の花、錦糸卵、海老、絹さや、人参、干し椎茸と、器の中は春の野の色。家政婦が用意した煮物や野菜のピクルスも冷蔵庫から出して並べると、いっそう食欲をそそるテーブルになった。

二人の間にできた些細なひびは、おいしいごはんとのんびりしたおしゃべりで、たちまち埋まってゆく。幼なじみだから、付き合いは七十年以上。野で駆けまわった時代から、ロールスロイスやドリ坊の騒動まで、話題には事欠かない。

草はおしゃべりしながら、落し物の手紙を思ったが、なぜかそれについては口にする気になれなかった。ヤナギの前でしゃがんで手紙を拾ったあと外車に轢かれそうになったのだから、話せば丁寧だが、話さなくても支障はない。

《帰っておいで》

水たまりに落ちてインクがにじみ、薄墨色の空のおぼろな満月に一句したためたようになってしまった薄紙の便りは、長年大事にしてきた牡丹餅の備前の角皿みたいに、草の心に沁み込みつつあった。どうする気もなく、取ってある。

あの時の五十がらみの、ちょうど杜夫と同年輩だろう男性は、一体誰だったのだろう。降り始めた雨の中、ヤナギの前を行き来し、手紙をコートのポケットから出したり入れたりして、ずいぶんと迷っていた様子だったが。手紙は書き直して、渡したのだろうか。

あの手紙に、五十川は亡き父を思い、駅の近くのマンションが実家だという工藤は、ふーん、と気のない声を出した。そうなると、やっぱり水上手芸店の千景宛てだったのかもしれなかった。彼女は再婚だと、ずっと以前に誰かが言っていたような気もするから、草はなんとなく、手紙のことは持ち出さないほうがよさそうだと思った。

「草ちゃん、さっきから何を考えているの」

真田紐を、と口にしていた。自分で言った言葉に従って、帰りに買いに行こうかな、と付け足す。

「あら、まだ買ってなかったの」

幾日《いくにち》か前の千景のように、由紀乃も声に笑いを含ませる。

午後もあたたかく、疎水沿いでは、緑が点々と彩《いろど》り始めた柳が眠そうに揺れていた。草の足でも二十歩ほどの幅しかない辰川の浅い流れには、水草がなびいて反物のようだ。

水上手芸店の二階の窓から、たくさんの洗濯物が下がった室内物干しが見える。戸口のサッシを開けたが、店には誰もいない。

しかたなく草は奥まで行き、開け放たれているドアから住まいに向かって、ごめんください、と声をかけた。が、尻すぼみになった。食器がガチャガチャいう音と、少々いらだった足音が階段を下り近づいてきたからだ。

ドアの向こうは、昼間でも電気がついていて薄暗い。階段は、見える場所にはなさそうだった。居間と思《おぼ》しき、苔色のカーペットが敷かれた部屋から人の気配が漂ってくる。水を使う音がして、まったく、と怒った独り言が続く。上り口の狭いコンクリートのところに、サンダルはきちんとそろえてあり、そこには表からの光が届いていた。

ちょっと考えた末に、草は千景が出てくるのを待つことにして、近くにある木製の折りたたみ椅子に腰かけた。

椅子は古く、座面と背もたれには深い緑を基調にしたゴブランが張られ、木の骨組みは丈夫で優美な曲線を描く。久しぶりに座ってみたが、身体の線に沿い、とても座り心地がよい。チーク材の小さいが重厚なテーブルには、刺繍がしかかりになっている。壁際には似たような雰囲気の、観音開きのガラス戸がついた洋風の棚もあり、刺繍糸が整然と並んで輝きを放つ。

よく見かけるタイプの古びた手芸店には、改装後の雰囲気を想像させるものが混在していた。改装までするかは別として、店を変えたいという思いは前々から二人にあったのかもしれない。木製の折りたたみ椅子は、幹子が昔から使っていたものだ。

待つ以外、することもない。

草は首の紐をたぐり、老眼鏡をかけ、刺繡を眺めてみる。

千景の手による刺繡は、幹子譲りで繊細だ。真っ白なTシャツの、右袖口に、指先ほどの大きさの薔薇《ばら》が咲きつつあった。短めの半袖だから、肩山から十センチほどのところになる。真珠色の糸のみで、朝露のように光るビーズが二粒あしらわれている。しかもビーズの一粒は揺れる。袖を通すのは楽しく、薔薇に気づいてもらえばまたうれしいに違いない。

他にもさわやかな色味のTシャツが何枚かあり、布地と同系色の糸、透明感のある金銀のビーズで片袖にワンポイント刺繡がされている。クローバー、蝶《ちょう》、蔓草《つるくさ》と模様は様々。一枚として、同じTシャツはない。

とてもいいものを見せてもらったと感じ入って、草は老眼鏡を外しかけた。だが、手を止めた。Tシャツの向こうにあった、小さめのノートに引きつけられてしまった。

介護日誌であることは、一目瞭然だった。

左ページのみ、三分の二くらい埋まっている。今日の昼までの五日ほどの日付、時刻、食べ物が書かれ、その横にはことごとく「×」印が並ぶ。簡単なメモもあり、五十川からはリンゴが、工藤からは果物ゼリーが、弓削からはゼリー状のコンソメスープが届けられたが、幹子はどれも受け付けていないとわかる。昨夜のところに「強情な幹子さん」と少々大きな文字で記されている。

もっと目を引いたのは、「幹子さんがまた言う。〝隣との境の壁を壊しちゃだめ〟〝フルヤさんに申し訳ない〟フルヤさんとは？」という記述だった。

草は老眼鏡を外した。幹子が食べていないのに、状況は悪くないという気がした。幹子の言い分はさておいて改装は進められてゆくが、みんなが彼女の身体を気にかけている。特に「強情な幹子さん」には、胸を打つものがあった。尊敬と愛情ゆえの腹立たしさが滲んでいる。そういえば、千景は昔から、姑を名前で呼んでいたのだった。傍から見ると、工房の先輩に接しているみたいなところがあった。

もう少し幹子の言い分を理解したい、気持ちをやわらげるきっかけを探りたい、そんな気もあるらしい。千景の夫が存命なら訊くこともできただろうが、若いうちに亡くなってしまった。

フルヤさん、か。聞いたことがあるような、ないような。

草は、五十川電器との境の壁を眺めた。壁際には、毛糸やボタンが並ぶスチール製の陳列棚がある。おそらくヤナギが完成した当時から使われている。あの錆《さ》びてゆがんだ棚なら、あるいはフルヤという人物を知っているのかもしれない。

結局、草は出直すことにして、店をあとにした。また真田紐を買い損ねてしまった。

疎水の流れを左にして歩く。軽自動車が駐車場に止まり、往診の医者が看護師と手芸店に入って行った。角を曲がってからしばらく行って振り返ると、手前の家にほとんど遮《さえぎ》られた二階の窓が開き、白衣が現れた。幹子は、裏手のあの部屋にいるらしい。

草は小蔵屋に帰りついてから、由紀乃に電話をした。

ヤナギのフルヤという人に覚えがないか、たずねてみたのだ。だが由紀乃も、聞いたことがあるような気もするけれど、と言うだけだった。二人で昔の記憶をたどってみても、自転車屋は古村《ふるむら》で、ヤがつく衣料品店があったがあれはスルヤだと、そのくらいしか出てこない。

「いいのよ。思い出せそうで思い出せないのが、いやだっただけだから。それから、真田紐なんだけど、往診やなんかで取り込み中だったからまたにしたわ」

「なかなか手に入らないわね」

「高級品だから」

そんな冗談めいた会話をしつつ、草は裏庭の方を向き、居間の畳の上から縁側に足を投げ出している。目をつむっていても、膝のあたりまで日差しを浴びているのがちゃんとわかる。端を開けてある掃出し窓から、埃っぽい春風も感じられる。

かつて店の戸口に座って刺繍をしていた、ふわりとしたスカート姿の幹子が彷彿とした。今、彼女の耳は疎水のせせらぎを、肌は柳を揺らす風を欲していないだろうか。

定休日明けの一番客は、粉引の片口が割れていると言ったあの若い女性客だった。一人でカウンター席に座っている。

服装はベージュ色のおとなしいワンピースに、春の花束のような薄手のショール。えくぼや、やわらかい声といった、彼女自身の愛らしさもあるのだろう。そこだけ明かりがともったように感じられる。前回購入した小蔵屋オリジナルブレンドにするか、期間限定の豆にするかとずいぶん迷っていたので、草が後者の試飲を勧めた。

いい香り、少し苦めですね、と感想を述べた彼女は、結局、小蔵屋オリジナルブレンドを選んだ。やがて、他に客がいない店内をはうような、長いため息をついた。気を抜いたら、ため込んでいたものが思わず漏れてしまった、そんな具合だった。豆の計量を始めた久実が顔を上げて、目を丸くしたくらいに。

客は、はっとして口を手でふさいだ。だが、草と久実の表情を見て、今さらとりつくろってもしかたないとでもいうように肩をすくめる。

「正直言うと、ふりしかできません」

「ふり？」

話しかけられたら、話す。客とはそんな距離を保つよう、草は心がけている。

「だって、わからないんですもの。よさが」

「コーヒーの？　それとも器の？」

客は、コーヒーが入っている青磁の湯呑に、目を落として言っていた。だから、草は訊いたのだ。

「貫入でしたっけ？　ひびが薄茶色に汚れて、取れないじゃないですか。それがいいというのが……どうして私には感じられないのでしょ」

粉引の片口とはまた違い、細かな貫入が淡い水色に美しい古い器なので出してみたのだが、どうも余計なことだったようだ。でも、草は笑ってしまった。久実も遠慮なく笑う。人がよいというものが理解できない自分を、真剣に嘆いている。それが素直でかわいらしいから、笑いを誘うのだ。

彼女は、神奈川から夫の転勤で引っ越してきたと言う。新婚だそうだ。コーヒーは七歳上の夫の好み、陶芸教室は知り合った主婦たちに誘われて始めた。

草が察するに、彼女にとって慣れない土地での新婚生活は、試みと我慢の連続らしい。いいかげん疲れてきたのだろう。

それでも、彼女はやがてにっこりした。

「あー、すっきり。とてもグループの中では言えません。またみんなで来ますけど、内緒ですよ」

「ええ。もちろん」

草が口にチャックをする仕草をすると、客は楽しそうに、今度は小さな声を立てて笑った。こぼれるような、というが、まさにそういう笑顔だ。この飾らない笑顔が曇ってしまわないよう願って、戸口まで送り出す。

「あのね、私の大の仲良しは、コーヒーがきらいなの」

肩越しに振り向いた客は、ぽかんとした表情をしていた。

「あちらは緑茶ばっかり。でも、二人とも甘いものは好きですよ」

彼女は一瞬何か考えたようだったが、うなずいた。赤い車に乗り込む後ろ姿は、とても軽やかだった。

その午後、四人の主婦が期間限定の豆を試飲したいと言って、楕円のテーブルについた。

「やめちゃうとはね」

「教室の窓から見たのよ、彼女の赤い車。車から一度は降りたんだけど」

「私も見た。ベージュのワンピースにショールひらひら。例のきれいめスタイルでさ、土いじる気あるのって感じ」

「迷って、結局、教室に電話してきたのかな」

コーヒーを出した草は、久実と視線を交わした。

今日の一番客は、本日をもって陶芸教室を辞めてしまったのだった。

「先着順で締め切りだったから、キノさんが受付初日に申し込んでくれたのに」

「ひどくない？」

「ごめんなさいって、長いメールが来てるじゃない」

「貫入で、笑いすぎたかなあ」

「言えてる」

全員が噴き出した。やがて、その笑いが静まってから、一人が言った。

「ケーキ焼くから食べに来てくださいって……行く？」

会話が止まる。

コーヒーを飲んで考える主婦たちと、会計カウンターで他の客に応対する久実を目の端に置いて、草はカウンター内で洗い物にとりかかる。

ケーキの誘いをどうするかは保留になり、主婦たちは帰っていく。

草は、信用金庫へ出かけなければならなかった。客が少ないうちにと、接客中の久実に断って店を出る。今日の一番客の笑顔がよぎったのも束の間、混雑する支店の窓口と貸金庫を行ったり来たりする。これが終われば帰れると、小型の機械が吐き出すレシート様《よう》の整理番号券を手にして、椅子に落ち着く。だが、同じように待つ人は大勢おり、二十分は待たされそうだった。そこへ由紀乃から電話が入ったので、草は一息つくつもりで、いったん支店を出た。

由紀乃の声は、最初から弾んでいた。

「どうしたの、何かいいことでもあった？」

「ええ。杜夫が役に立ったのよ」

バスが生ぬるい排気ガスをまき散らして、市街地へ向かって走ってゆく。草は街路樹の下に入って日差しを遮り、なあに、とたずねた。

「あら、外のようね。今どこ？」

信用金庫名を聞いた由紀乃は、ちょうどいいわ、と言って、ますます楽しそうだ。

「道を渡って銀行へ行ってちょうだい。そこに、ずうっとフルヤさんはいたのよ」

銀行へ行き、さらに促されるままATMを背にしてみた。

「いた。でも、あったというべきね、これは」

目の前の壁には、鉄釉《てつゆう》の黒々とした花入れが、ガラスで覆われて展示してある。直径約十八センチ、高さ約四十センチ。『餓鬼腹花入《がきばらはないれ》』と題されているとおり、あばら骨の浮いた餓鬼のようで、生き物めいている。「作／古谷敦《ふるやあつし》」「寄贈／辰川屋」。そこまで読めば、草もいろいろと思い出せた。

辰川屋は、気の利いた肴《さかな》で一杯飲んで、品のいい太さの透けるような手打ちうどんを仕上げに啜《すす》る、ちょっと子連れでは入れない店だった。立派な庇を外して長屋式店舗のヤナギに組み込まれてからは、庶民的な普通のうどん屋になったが、それまでは地方銀行の重役がお気に入りの陶芸家を連れて訪れるような、隠れ家的存在であった。もう今はない。幹子は、辰川屋と親戚だった。

「なるほどねえ。忘れてたわ、ずっとここにあったのに」

「聞いたことがあるわけでしょう」

「辰川屋は、古谷敦が何回か来たことが自慢だったものね」

古谷敦は、陶芸に造詣が深い人にならば知られた存在なのだろう。個性の強い作品が多いので、先に外国での評価が高まり、のちに日本でも注目されるようになった。草も記憶を手繰《たぐ》り寄せると、東京かどこかで展覧会を見ていた。晩年の作品は日本人好みだった印象があるが、他の陶芸家と混同しているのかもしれなかった。

視線を感じて後ろを見ると、窓口とATMの境に立っている案内係の女性行員が草をじっと見ていた。まさにオレオレ詐欺の被害に遭わんとする老婆、と思われかねない。草は、ガラスの自動ドアの外まで出た。

「それにしても、どうして杜夫さんがこの花入れを？」

「たまにしか帰らないから、何でも珍しいのよ。いつだったか、土曜にお金を下ろしに行ってもらったの。それで花入れを見て、辰川屋の子はどうしたのかなあって思ったようよ。同級生だったから」

「それじゃ、ヤナギのフルヤという人に覚えがないか訊けば、すっと出てくるわけね」

これですっきりしたと由紀乃に礼を言った草は、老眼鏡同様紐で首にかけている携帯電話を懐にしまった。

介護日誌に書かれていたフルヤは、おそらく陶芸家だろうという当たりがついた。五十川が、親父がなあ、と言ったそうだから、いずれにしろ、幹子がこだわるのは昔の話、千景が嫁ぐ以前のことなのだろう。それだけでもわかれば、千景はいくらか楽になるかもしれない。幹子の気持ちをほぐす糸口でも得られればという気持ちもあったが、まあまあと草は自分をなだめた。

あの、と声がかかったので、横を見た。

先ほどの女性行員が、よろしかったらどうぞ、とカラー刷りのチラシを差し出してくる。古谷敦展の案内だった。

「本店ビル別館のアートスペースで、五月まで開催しておりますので」

「まあ、ご親切に」

「海外から里帰りした作品もたくさんあるそうですから」

仕事熱心な行員なのだろう。特別金利キャンペーンのチラシも添えられていた。


土日があわただしく過ぎ、月曜は朝から冷たい小雨になった。

これから数日天候が荒れるという予報が、ラジオから流れてくる。出かける用事は済ませておきたいところだ。

ずっと『餓鬼腹花入』がちらついていたので、早めに店の掃除を終えて時間を作り、出勤してきた久実に断って水上手芸店へ出向いた。午前九時。小蔵屋の開店までには一時間ある。人の家を訪ねるには早いが、そこはヤナギだから融通が利く。

今度は、千景は店にいた。チーク材のテーブルの前の壁に額をかけ、曲がっていないか一歩下がって眺めていたところだった。草は挨拶して入り、千景の横に立った。

アクリル板二枚に挟むタイプの額の中身は、フリーハンドで描かれた建物の絵だった。新聞の見開き分ほどの紙に、正面、俯瞰《ふかん》、屋根なし俯瞰の一階、二階、計四つの全体図が描かれている。黒い線に部分的な彩色だが、一枚の絵として楽しめる。

「改装後のイメージ図なんです」

千景は腕を伸ばし、細長い指の大きな手で額を左に押し、位置を微調整する。すらっとしているからかもしれないが、草からすれば、久実より背丈があるように感じる。きりっと髪をまとめている千景の横顔を、小柄な草は喉を伸ばして見上げた。

「さすが弓削さんですね。これだけ見ても作品という感じがするわ」

「模型は、クドウに置いてもらっています。うちは適当な置き場所がありませんでしょう」

前にクドウでちらっと見かけた建築模型を、草は思い出した。この規模の改装くらいで模型まで作るなんて、あまり聞いたことがなかった。

「弓削さんだからか、模型まであって本格的ですね。手間がかかるものでしょうに」

「手を動かしながら考えるそうなんです。模型作りも大好きだとか」

千景は、話も身振りも一つ一つが確実だ。

刺繍の仕上がりを決める一針一針の息遣いが、普段に出るのだろうか。

ゆったりとしたセーターに、黒い細身のパンツ。やや猫背気味の点を除けば、バレエの先生に見えなくもない。

「帰りに、模型を見せていただこうかしら」

「はい。でも、その前に」

真田紐、と二人で声を合わせ、笑う。

観音開きのガラス戸がついた洋風の棚の下にある引き出しから、千景が何種類か出して見せてくれる。草はゴブランが張ってある折りたたみ椅子に前回のように座り、今日は何も出ていないテーブルの上で、茶系の真田紐を選んだ。

「大事にしている備前の角皿があって、その箱にかける紐なの。年を取り過ぎて動けなくなったら、触るだけでもいいと思う器の一つなのよ」

「触るだけでも、ですか」

「変でしょう。でも、長年使ってきたものは、ほっとするの。触れるだけでも」

千景は、目に見えないものを捕らえるみたいに、手を軽く合わせた。

それから、触れあっている指先の感触を丁寧に確かめるような仕草をして、何かを考えたふうだった。

会計をする際、例の運転手の話になった。彼の雇い主が、ヤナギの改装に援助したいという件だ。草は正直なところ、失念していた。千景に電話をして、役目は果たしたと感じたからだろう。自分の中では、すっかり終わったことだった。

「悪い話ではないので、受けることにしました」

「あちらは、お二人でみえた？」

「いいえ。運転手さんだけ。代理ということなんでしょう」

運転手が持ってきたという名刺を見せてもらった。横文字だから、草には老眼鏡をかけても読めない。でも千景が書いたのか、鉛筆で「マイケル・ジェイコブソン」と書き添えてあった。

「外国の人……」

「アメリカの方だそうです。お宅はロサンゼルス」

あの外車を思えばなるほどとも思うが、かえって、大丈夫かという気持ちも起こる。そんな草を察したように、千景はうなずいた。

「私も判断に困りましたけど、弓削さんがご存じで」

「お知り合い？」

「いえ、親日家として知られた方だそうです。弓削さんのようにあちらで仕事をする人の間では、お名前が出るくらい」

「お仕事は」

「中古車販売業と投資。東京、軽井沢、京都にも、お住まいがあるんですって」

あるところにはあるものだと、二人で苦笑する。東京も軽井沢も、ここから車で一、二時間くらいの場所だから、運転手がこの界隈にいるのはもっともだった。

「五十川さんと工藤くんも、払えって話じゃないんだから、と言うし。そうね、と私も思いましてね」

そのとおりかもしれない。これで運転手も肩の荷が下り、すべて丸く収まる。

「あの運転手さんも、喜んだでしょう」

「返事は、これからなんです」

「そうなの。まあ、でもよかったわ」

改装は、住まいながら進める計画だという。空き店舗をうまく利用する、工事に合わせて店を閉める、二階だけで暮らす、など工夫するそうだ。

草は椅子から立ち上がって水上手芸店を出るまでの間に、昔話をした。戸口のところで、この椅子に座った幹子がふわりとしたスカート姿で刺繡をしていたこと。柳が風に揺れ、絶え間なく水の音がして、気持ちがよかった日が多かったろう。通りかかる人には、幹子の刺繡に励む姿がヤナギの一部だった頃もあった。そんなふうに、少しだけ。

一緒に表へ出てきた千景は、二階の窓を見上げた。

「あの窓辺なら、いくらか気分よくいられるかしら」

独り言みたいに響いた。それでも、草は言ってみた。

「そうねえ。今日は雨だけれど、晴れたら気持ちよさそう」

「晴れたら……」

千景は目を細めて、小雨を降らす空を見上げる。縮れている短い後れ毛にも、すっきりした鼻梁にも、雨粒が光った。

草は手芸店に入る前に、銀行でもらった古谷敦展のチラシを、郵便受けに入れておいた。

古谷という文字に目が留まれば、千景は裏面の文章も読むかもしれない。そこには、古谷が紅雲町辰川沿いの辰川屋に縁があったこと、その頃から大きく作風を変えたことなどが書かれ、辰川屋の旧店舗の写真も載っている。昔の面影がなくなった辰川屋は、水上手芸店の二軒隣。空き家となって今もある。それは彼女も知っているだろうから、古い話だとなんとなく区切りがつくのではないか。

自分にできることはここまでと、草は蝙蝠傘を広げて歩き出した。

ドリ坊がいない五十川電器を過ぎる。修理のために、どこかへ送られたのだろう。

次が、辰川屋だった空き家。ところどころ裂けた、埃色のカーテンが下がっている。

空き家の横の工房では、工藤が椅子の張替えをしていた。

草は彼に断って、五軒連なるヤナギの端の売り場に入り、建築模型を見せてもらう。

誰もいない店舗の、使い込まれた味のある木製チェストの上に、それはあった。真っ白だ。細長いので、遠目にはコンテナを積載した船のようでもある。新しいヤナギも、間口が狭く奥に長い店が並ぶ原型を活かした造りだ。

これまでの弓削の作品から考えると、やはり白くてガラスを多用したものになるのだろうか。だとしたら、模型から想像しやすい。

草は、首にかかっている紐を手繰って懐から出した老眼鏡をかけ、左斜め前から、水上手芸店の部分に顔を近づけた。模型は内部を見せるために、駐車場側の壁が便宜的に取り払ってある。

平らな屋根の、正面から見て左寄りに、帯状の天窓がついている。

真下の二階廊下とそこに沿う部屋の壁の一部が、梯子《はしご》状の枠なのは、透ける素材を入れるのだろう。これなら日中は、奥の窓のない部屋まで明るい。夜は、月や街のほのかな明かりも頼りにできる。

辰川沿いを駐車場側から歩いてきて手芸店に入ろうとすると、左手は嵌《は》め殺し窓。そこから店内の様子を見て、ガラスの一枚引戸を開けるわけだ。店の床を下げるのか、楽に上がれそうだ。

入口は、今より引っ込む。前に一畳強くらいの余裕を持たせ、出入りに邪魔にならない場所に、丸いテーブルと椅子二脚が置いてある。二階の飛び出し部分が庇がわりになる。日向《ひなた》ぼっこや手芸をしながら、おしゃべりに花を咲かせることもできる。

そこに座る千景と幹子を夢想した草は、売り場面積が若干広くなっていることや、階段下が収納にしてあるのを見て取った。

浴室やキッチンなどの水回りは、一階の中央部に集中しており、家事もしやすそうだ。二階の裏手には、狭いがベランダもついている。今まではなかった洗濯物干し場になるのだろう。隣接する家が妨げになって乾きにくい裏手に干すのはどうかと思ったが、目立たない場所で、なおかつ一階よりは二階がましと考えて、ここになったのかもしれない。

こうした構造のものが、五つ並ぶ。

「いいわねえ。とっても現代的」

腰を伸ばした草は、男結びにしてある半幅帯を、ぽんと叩いた。

ふと妙なものが目に入った。

模型の五十川電器の前から右へと、衝立《ついたて》のような板が、細いレール様のものの上に五枚等間隔に並んでいる。一枚は右に飛び出ており、大きさは実物ならば縦横とも一間というところか。予想がついて、その部分を指で左に押したら、あるところで止まった。五店舗すべての前に、衝立が立った。前の道からは、五軒の一階は嵌め殺し窓だけが見えるようになった。

固定しては中の構造が見づらいから、模型上でのみ、こんなふうに移動できるようにしたのだろう。よく見ると、衝立の板には、細かな丸い穴が全体に均等に開いている。実際はどんな素材になるのかわからないが、通気がよい目隠しといったところか。

想像で、草は入口前のテーブルに座ってみた。

なんだか窮屈だった。

衝立の左右から景色が見えるのはわかるけれど、柳や疎水が真ん前に広がっていたほうが自分の好みに合っていた。店からこぼれる明かりは街のごちそうなのに、それも半減してしまう。

クドウの出入り口のサッシから、草は外を眺めた。

雨が強くなっていた。風も吹き始めたようで、葉が育ってきた柳が鞭《むち》のように躍っている。この景色も、店内からは半分しか見えなくなる。幾分室内は暗くもなるが、商品は日焼けしないから、一長一短か。でも、前の道はどうだろう。譲り合ってなんとかすれ違う車も、衝立があったら融通が利きにくくなりそうだ。

この前みたいに轢かれかけたら、と草は考えた。

「いよいよ逃げ場はないわね」

帰ろうと思ったが、雨はますます強くなる。

爪皮《つまかわ》で先を覆った草履だけでは、と草は思い、手提げから地味な紬の雨ゴートを出して着る。古いが撥水・防汚加工してあって、埃よけにもなり、不安定な季節には普段から重宝しているものだ。道行襟《みちゆき》を整えようと、家具のガラスに映り込む姿を覗き込んですぐ、草はその中に目を奪われた。

家具は書棚のような形をしたショーケースで、草の胸の高さのガラスの棚には、千景が刺繍をほどこしたあのTシャツが三枚、ビーズのついた右袖を見せて扇のようにディスプレイしてあり、値札もついている。クドウでも売っているのだ。

素敵ね、こういう売り方――ショーケースを見るのを、草はやめられなくなった。身体をかがめて、ガラスの引戸に額がくっつきそうなくらい顔を寄せる。

下の棚には、真鍮《しんちゆう》製のギザギザした太陽のような形をした鍋敷きや、カラーのつぼみを思わせるドアノブ、ベルトの留め金具と見まがうような栓抜きなど、飾るだけでも面白い古雑貨が並ぶ。

Tシャツの上、草が見上げる位置の棚には、木や金属の写真立てが幾つかある。

中の写真が、また面白い。どれも昔のヤナギだ。完成当時だろう、祝いの花輪が並ぶ光景がある。店の戸口に座って刺繍する幹子もいる。若い五十川が父親と、ドリ坊を挟んで立つ一枚もある。パソコンか何かで、古い写真に手を入れたのだろう。どこか懐かしいセピア一色にしてあり、明治・大正の頃に外国人が写した日本みたいな雰囲気が漂う。

草は小蔵屋の開店前に帰らなくてはと思いながらも、ショーケースの引戸を開けて、腕を上の棚に伸ばしていた。

この当時、小蔵屋は日用品や畑のものを売る昔ながらの雑貨屋だった。両親が元気に働いていた。自分も若かった。そう考えると、草は鼻の先や胸の奥があたたかくなるような過去へと、手を差し伸べているような気持ちになった。

「今の五十川さん、お父さんとそっくり」

写真立ての裏には、値札のシールが貼ってある。写真立てのみ、売りものなのだろう。

草は工藤のセンスに感じ入って、それを元に戻した。するとガラスの棚の下から、左奥に隠すようにして伏せてある写真立てが見えた。何の写真かは、よくわからない。

あっ、と草は思わず声が出た。

ここに立って、そっと写真立てを伏せていた弓削の姿を思い出した。

あの写真には、何が写っているのか。好奇心は抑えがたかった。

手前の写真立てをどかし、奥のそれを取って見ようとしたが、小柄な草には手が届かない。しかたなく、入口の外から濡れた蝙蝠傘を持ってきて、柄《え》を使って手前に引き出した。

写真は、水上手芸店の千景の若い時分だった。四十歳前後だろうか。めずらしく、長い髪を下ろしている。ふさふさとして、肩まですっかり覆う、かなりの縮れ毛だ。天然なのかもしれない。さきほど見た後れ毛も同様だった。胸の前で重ねているから、指の長い大きな手が目立つ。

この写真を、弓削は伏せた。誰にも見せたくないみたいに。

草は、不思議な思いにとらわれて、棚の五十川親子の写真を見上げた。

暴風雨は、予報より早まり長く続いた。

やっと晴れた日の昼すぎ、工藤が訪れた。

元どおりに伏せられなかったっけ――彼の顔を見て、まず草は思った。あの時、物音に気付いてあわてて写真立てを戻したが、手のほうは、これは立てるもの、と考えていたようで、彼がクドウの売り場に現れた時には後の祭だった。

工藤は、カウンターに座って増量サービス中のコーヒーを試飲し、同じものを陶芸教室用に注文した。ヤナギの改装は、間もなく工事が始まると言う。三時からの打ち合わせで、詳細な日程が決まるそうだ。弓削から提案されたとおりの設計で進めるらしい。

草は、軽い調子で言ってみた。

「あのお店の前の衝立はどうなの？　なければないで、さっぱりしていいと思ったけど」

工藤は黙って微笑む。何を言っているのかな、といった感じだ。弓削に全幅の信頼を置いているのだろう。

草は、先日古いアルバムを広げて思い出したことがあったが、話すのはやめておいた。関東直撃の台風の折、水量調節がきくはずの疎水があふれたことがあり、その水が引いた直後の写真がなぜか小蔵屋に残っていたのだった。

――プロパンガスのボンベが、シューと音を立てて、ひざの横を流れていったってさ。

父がそんな話をしていたから、復旧の手伝いに行ったのかもしれないが、草もその辺は記憶が曖昧だ。ひょっとしたら、時期から考えて、あれがヤナギ・ショッピング・ストリートを計画するきっかけだったかもしれない。

ともかく過去に水害があったのは確かなので、改装後に店の床が低くなってしまう点が少々気がかりだった。だから、話しておくだけでもと思ったのだが、もう工事が始まるようでは言っても始まらない。

「幹子さんは、どう？」

工藤が、話すのを忘れていたとばかりに、うれしそうにうなずいた。

「ハンストはおしまいです」

「よかった。口から食べると、元気が出るから」

「部屋を移したんです。前は二階の一番奥の部屋だったんですけど、表の方に。あれが、いい気分転換になったんじゃないかな」

草は器を拭きつつ、にんまりしてしまった。今日あたり窓を開ければ、春の日差しや水かさが増しただろう辰川の流れを感じられる。

「お手伝いしたの？」

「ええ、五十川さんと二人で。リクライニングベッドが重いんですよ。窓辺に持っていって、千景さんがすごくきれいな全面刺繍の、総レースみたいなベッドカバーをかけて。昔、幹子さんが自分で作ったものだそうです。幸せそうでしたよ。こうして、なでて」

目を閉じて、チェック柄のシャツの胸をさする工藤まで、幸せそうな表情をする。

「千景さんが大きな声で言ったんです。幹子さん、壁は壊しませんから見張っててくださいねって」

「幹子さんは、なんて？」

「何にも。すりおろしたリンゴを食べたから、あれが返事かな。僕らも一緒にお茶して、リンゴを食べました」

五十川も、胸をなで下ろしていたという。工藤に、こんな話をしたそうだ。

五十川の父親は生前再三にわたって店の改装をしたがり、大家の幹子は絶対に許さなかった。父親の言い方があんまりひどいので、あれでは誰だって改装を許さないと、五十川は息子ながら申し訳なく感じていた。だから、今回改装の件が持ち上がった時、もう年だしこのままがいいと思わないでもなかったが、進んで協力することにした。ところが、水上手芸店から出た話なのにまたも幹子が反対して、ハンストをする。どうしたものかと、内心戸惑っていた。

「五十川さんのお父さんは、恐い感じの人だったんですか」

草は記憶をさかのぼってみたが、先日クドウで見た五十川親子の写真が立ちふさがって、これといったことも思い浮かばない。実際、たまの買い物以外に付き合いがなかったのだ。

「五十川さんよりは、話をする人だったと思うわ」

工藤は、小さくうなずいた。

「長く地面に暮らすと、いろいろあるんですね」

どういう意味なのかわからなくて、草は一瞬言葉に詰まった。

「ああ……工藤さんは、生まれてこの方マンション暮らしだったのね」

「自宅が十階以下だったことはありませんでした」

「ご近所付き合いは、なかった？」

「ほとんどないですね。でも小学校の頃は、同級生に商店街の子が多かったから、僕は半分そっちで育ったみたいな感じかな」

二十代の工藤にとっても、ヤナギは懐かしいにおいのする場所なのかもしれない。

太陽や草木の香り、かしましい立ち話、はためく洗濯物。子供や年寄りの姿。それに、ちょっとした行き違い。ややっこしい人間関係を避け、さっぱりと快適に暮らしていても、そういうものにどこか引かれ、ほっとするのは自然なことなのだろうと、草は工藤を見送りながら思う。整えようとしても、整いきらない。それが人だ。

学校帰りの高校生にまじって弓削が現れたのは、暮れ時には早い、日が延びたと感じる時間帯だった。

他の客越しに顔を合わせ、こんにちは、いらっしゃいませ、と言葉を交わした時から、弓削は草と明らかに話したがっていた。

コーヒー豆の増量サービスに引かれて次々やって来る人々に草が接する間、弓削はカウンターにいた。コーヒーを試飲して、三十数年目の結婚記念日が近い両親に旅行をプレゼントするという絵葉書を書き、同い年の四十過ぎで同じく独身の友人にコーヒー豆を送る。そのどれもが話の前置きだと、草は立ち働く合間に短い会話を交わしては感じた。四十過ぎの彼女の、両親が結婚三十数年でしかないなら、静岡市在住の父母のどちらかは義理の関係なのだろう。贈答のコーヒー豆は、長居をするので小蔵屋に気を遣った面もあるのかもしれない。

草がクドウで写真を見て、あることに気付いたと、なぜ弓削が知ったのか。そちらのほうが、草としては知りたかった。

閉店一時間前の六時になって、やっと客足が落ち着いた。

久実も何かを感じたらしく、試飲の器をさっさと片付け、カウンターの近くには寄って来なくなった。

「写真立てを伏せずに戻したの、ばれてしまったみたいねえ」

草の言葉に、弓削は破顔した。

「私が伏せたところを見ていらしたでしょう。振り返ったら、お草さんが——」

彼女は、口元に手を当てた。ヤナギで話すうちに、草をそう呼ぶのが当り前になったのだろう。草は、お草でいいのよ、と答えた。

「振り返ったら、お草さんが帰るところでした」

「見ていただけじゃなく、見られていたのね」

「それに、先日の朝、クドウにいらしたと聞いて」

「そういうことだったの」

言葉を切って、女性客のにぎやかな笑いがおさまるのを待つ。

「二人があんなにそっくりだったのに、誰もそう言う人がいなかった。私も、どうして気づかなかったのか。不思議なくらいだったわ」

「似ていると思っても、普通は他人の空似だと思いますよ。工藤さんだって、そう思っているのじゃないかしら。でも、お草さんは、私があんなことをするのを見てしまったから」

カウンターには、他に客がいない。

草は緑茶を淹れ、弓削にも勧めた。弓削は意外な顔をしたが、湯吞大の粉引のフリーカップを両手で包み、うれしそうにする。

「親子だと知られたくなかった？」

いえ、と言った弓削は、束の間黙った。

「あー、どうでしょう。少しはそうかも」

彼女にはめずらしく迷った口調で、しかし明るく、単純に見たくなかったんです、と付け加えた。

「中学の夏休みに一度、店の前まで行って、彼女を見かけました。写真だけで記憶がなかったので、どんな人か実際に見たかったというか、知りたかったというか」

「静岡からだと、中学生には長旅ね」

「東京のおばのところから。住所をそこで知りまして」

草は逆算した。千景が、ちょうどあの写真におさまった頃だ。

「人に道をたずねて、石のベンチに座って」

「柳の下の、あのくしゃっとした灯籠が横にある」

「そうです、あそこは今も昔と変わりませんね。目が合った時、あちらも娘だとわかったみたいでしたが、それだけでした。見事に、それだけ。あの時のことを思い出すと、変な汗をかくくらい、恥ずかしくなるんです。なんだか、少女してたなあ、と」

彼女は、明るい口調のままだ。けれど、十代の多感な時期に傷つかないはずがない。

「だから、あの写真は勘弁してよという感じで」

草も離婚した時、千景同様、相手方に子供を託した。何を大昔の話をいつまでも、と人は言うかもしれない。でも、あの時の身を裂かれるような思いは、消えも癒えもしない。夫は再婚が決まっていた。置いて出れば、幼い息子は両親の揃った経済力のある家庭で育ち、充分な教育を受けられる。子供はかわいい。自分は、結婚生活の破綻《はたん》から心身ともに疲れ果てている。愛情とは何か。限られた時間の中で、考え続けた。

千景が何を思って、すげない態度をとったのかはわからない。ただ、中学生の女の子にはつらい出来事だったろう。

草は少々胸が苦しくなった分、話をずらす。

「すっかり大人だものね」

小さい子を覗き込むようにして、言ってみる。

弓削は白い歯を見せて、声を立てずに笑った。

「そうですね。あの時の彼女の年齢も超えましたし。今回も、初めまして、と名刺を出したら、あちらも、初めまして、と」

母と子としての会話は、この度もないらしい。

草の心に、あの牡丹餅柄の手紙が浮かんで消えた。ある意味、弓削もヤナギに帰ってきたのだ。そうして、二度目の訪問なのにまた迷い、小蔵屋で道をたずねた。ヤナギは辰川沿いに確かにあるものの、時の門をくぐり抜けなければ、たどり着けない場所であるかのようだ。

店の方は、主婦がぽつぽつと入ってきては、コーヒー豆を求めていた。彼女たちには忙しい時間帯だが、今日は得だからと知り合いに頼まれた分まで豆を購入する人も少なくない。

草は、帰ってゆく客を独特の、ありがとうございました、で送ってから、弓削の手元に目を落とした。

「ひびがあったって悪かないわ」

弓削が両手に包み続けている器は、やや黄みを帯びた粉引だ。

全体に粗い貫入が走り、そこから黒い素地が見える。おっとりした動物の、あるいは樹木の肌のように素朴な印象で、触れれば気持ちよく、手を放しがたくなる。

弓削は、草の言葉にうなずきも首を傾げもせず、じっと器を見つめている。

ヤナギの改装を引き受けた理由に、実母との再会を願う気持ちがなかったとは言えなそうだった。今度も赤の他人としての関係は変わらなかったが、それはそれとして受け入れることができたのか。反発を覚えたのか。草には、わからない。

あれーっ、と女子高生のように、はしゃぐ声が響き渡った。

草も、弓削も、声がした方を見た。

入口近くに、三人女性がいた。入ってきたばかりの女性は、淡いピンク色のツイードのワンピースを着て、にっこりと微笑んでいる。その印象的な笑顔で、彼女が陶芸教室をやめた人だと、草はすぐにわかった。彼女が入ってきたところに、二人の中年女性が出くわしたらしい。この間はケーキごちそうさま。いいえー。おいしかったわ。またよかったらどうですか。いいのかしら。どうぞ、どうぞ。社交辞令ではないようで、次のお茶会の日程調整が始まる。陶芸教室が終わったあとにどうかと、そこをやめた彼女が提案する。うなずいた二人は、その場で電話をかけ始め、いったん三人は表の駐車場まで出ていってしまった。

陶芸教室をめぐるギスギスした関係が、かえって仲良くなるきっかけになったのだろうか。

経緯を知らない弓削にも、ほほえましく映ったらしい。

「にぎやかですね」

「ほんと」

弓削は、バスの時間だからと腰を上げた。見れば見るほど、髪も、体形も、顔つきも、千景とよく似ている。まったく困ったものだとでも言うように、弓削は両腕をハの字に広げて自分を足元まで見てから、草に視線を合わせて出ていった。

しばらくして例の三人は、そろって小蔵屋の紙袋を提げて帰った。陶芸教室をやめた彼女はその時、草に小さく会釈した。

店を閉める時になって、久実が言った。

「あの人、すっかり元気でしたね。私の大の仲良しはコーヒーがきらいで……っていうお草さんの話がためになったんですよ、絶対」

ちょっと自慢そうに、鼻をふくらませている。あの時、久実も聞いていたらしい。

「ううん、あの人は変わろうとしてたの。そういう時は、耳が選び取るのよ。自分に必要な声を」

久実は唇を尖らせて、うんうん、と小刻みにうなずき、レジを締めにかかる。

草は、以前窯元《かまもと》で耳にした貫入の音を聞いていた。

窯から器を出すと、釉薬は素地との収縮率の違いに耐えかねて、余韻のある涼やかな音を放ち、次から次にひび割れてゆく。そのままではいられない悲しさと、我慢の末の解放感にも似た明るさを帯びていた。

器を使ううちに自然に入るひびも、貫入と呼ぶ。貫入は貫乳とも書くのだった。そんなことを考えると、弓削と千景の姿がまた思い出される。

和食器売り場の明かりを落とす。

カウンター内の小窓を開けると、丘陵の観音が橙色の明かりに浮かび上がる中、ただいまー、と幼い声が響いた。

第三話　印花

運送屋の寺田は、小蔵屋に入ってきて、挨拶もそこそこに言った。

「あれって、工事やってる?」

片腕に荷物を抱えた寺田が顔で示した方角には、ヤナギがある。改装工事は、先週からという話だったから、始まって十日前後。

何のことだか察するまでに、草は少々時間がかかった。ずいぶん前に店に届いたいやがらせの手紙を二通持って、どうやらもう来なそうだ、などと考えていたところだったからだ。ドリ坊を壊した騒ぎがもとで千葉から届くようになったこの手紙は、御札のようなものが送りつけられてきたのを境に、ぴたりとやんでいる。幸い、別のいやがらせも起きていない。

「弓削さんが工務店に頼んで、他の現場優先でいいから建材の発注を一緒にしたりして勉強してちょうだいね、って話になってるみたい」

目の端をゆく寺田がうなずき、奥へ通じる千本格子の引戸に手をかける。

「春は賃貸物件の出入りが激しいでしょう。工務店みたいなところは忙しいのよ」

「そういうことか。昨日とおんなじようにシートがかかってて誰もいないから、工事が止まってるのかと思ってさ」

千本格子の向こうにある三和土の通路を、声が遠ざかる。奥の左手にある倉庫を開ける音が続く。ヤナギに用はないと言っていたはずの寺田は、仕事でめぐるついでに工事の進捗状況を見ているらしい。

客の波が引いた午前十一時半、久実は銀行まで両替に行っている。荷物をあらためた草は伝票に受領印を押し、コーヒーを勧めたが、寺田は急ぎの配達があるからと言って帰っていく。

一人になった草はいやがらせの手紙をしまい込み、一息つこうと自分のためにコーヒーを用意した。

ふとガラス戸の外に目をやると、若草色のセーターを着た二十歳前後の女性客が戻ってくる。ほんのちょっと前に店を出たのだが、忘れ物でもしたのだろうか。草はその客が入って来るより先に、楕円のテーブル上や、まだぬくもりが残っていそうな椅子周辺をざっと見たが、忘れ物はない。

ガラッとガラス戸が開いた。

「あの、すみません」

はい、と言って草が腰を伸ばしたら、ほとんど客を待ちかまえていたみたいになった。

髪の短いその女性は、忘れ物じゃなくてというようなことを、草には聞き取れないほどの小声で言い、戸惑い気味の笑みを浮かべる。左頰に愛嬌のあるくぼみができて、少年のような感じだ。

「えっと……それをゆずっていただけないでしょうか」

客のふっくらした手が指さす方へ、草は首をねじった。

そこにあるのは、彼女が座っていた椅子だった。曲げ木の古いもので、身体が当たるところ以外は黒い金属製。古民家風の店舗によくなじむ、深い色あいをしている。低い背もたれと曲げ木独特のしなりが腰を気持ちよく支え、長時間座っても疲れないから、ここは人気の席だ。わりと見かける客なので、小蔵屋に来て座るうちに気に入ってしまったのだろう。

草も昔この椅子を気に入って近所の食堂からもらい、小蔵屋がまだ普通の雑貨屋だった頃は自室の隅に置いて使っていた。その食堂は、今はもうない。

「ほめてもらうようでうれしいですけど、これは売りものじゃないので。ごめんなさいね」

そうですよね、と言った客は、口を真一文字に結んだ。

「えっと、あの……一つしかないんでしょうか」

小蔵屋には何種類か椅子はあるが、曲げ木のこの椅子は一脚だけだ。それに手に入れた経緯が経緯なので、他で求めようもない。草はそのことを話した。

客はうなずいて、いかにも残念そうに肩を落とした。

草は内心、こういう人にならば椅子をゆずってもいいと、ちょっと思う。だが、ひとたびそれをしたらきりがない。この一年くらいの間でさえ、試飲用の古い器のいくつかと、竹細工の花器をほしいと言ってきた人があったのだ。

「ほんとにごめんなさいね。また座りに来てください」

「私こそ、無理言ってすみません。一度お願いしてみないと、気が済まなくて」

客はもじもじしてうつむき、耳脇の髪を引っぱる。まるで片思いの告白のようだ。ものに恋する。

そういうことは、草にも覚えがあり過ぎるほどあった。いいなと思って、ともに過ごすことをあれこれ考えると心浮き立つ。もちろん、その時のみの思いだったり、高嶺の花だったりして、考えるだけで終わることが多い。本気で手に入れようとするなんて稀なのだ。近頃では、水上手芸店に昔からあるゴブランを張った木製の折りたたみ椅子に座ってみて、あらためていいなと思った。久しぶりに会ったらやっぱり感じのいい人だった、というような淡い好意に似ている。

客は、さっぱりした顔つきで小蔵屋をあとにした。足取りが軽い。要望に応えられなかった草まで、なんだか心が軽くなるようだった。

午前中は雨が残るという予報だったが、七時には洗濯物を軒下に干せるくらいに、空は明るくなった。

草は昨夜、由紀乃に招かれ、彼女の長男家族と夕食をともにした。仕事の都合で帰省中の杜夫、九州から訪れた妻と三人の子供たちがいて、おしゃべりが絶えず楽しかったのだが、その反動なのだろう。一人きりの静かな時間を過ごしたくなっていた。ちょっと刺激があれば、なおよい。定休日の数時間を利用して出かける手頃な何かがないか、と考えた末に、地元の銀行の本店へ出かけてみることにした。別館七階のアートスペースで、古谷敦展を開催している。

バスの乗り換えに少々時間がかかったものの、十時前には最寄りのバス停に着いた。三月の二十五日は過ぎているのに、銀行の広い駐車場は満車に近い。瀟洒《しょうしゃ》な本店ビルは、一階に営業所があり、三つあるドアから客がひっきりなしに出入りしている。対して、隣にある別館は静かなものだ。緑がかった自然石を貼った外観と、一階にガラス張りの吹き抜けがあるのは同じだが、行員一人と、ガードマン、受付係しか見かけないまま、草はエレベーターに乗った。

常設展示の案内が出ている五階六階を過ぎる。この県出身の有名な洋画家と彫刻家の名が出ており、以前立ち寄った時と変わった様子はない。

七階のエレベーターホールを離れて最初にあった窓からは、商都の問屋街が見下ろせる。問屋業が盛んだった時代も過ぎ、今は大型マンション、見本市センター、問屋が始めた新しい物販店が目立つ。この銀行の頭取らが芸術家を支援し、県内の温泉地に芸術村を作ろうとした時代も、はるか昔のことになった。

近所へ出かけるのに、草はよそゆきを着てきた。千筋縞《せんすじ》の付け下げ、黒地に三角が幾何学的に並ぶ鱗《うろこ》模様の名古屋帯。このくらいの遊び心と引き締まった格がないと、古谷の個性に付き合えないような気がした。実際、せっかく着替えてきたんだから全部観て帰るの、と何度自分に聞かせたかわからない。

重油をかけたような照りの鉄釉《てつゆう》。茶褐色の線が大胆に走る鉄絵。生乾きの素地を彫って、別の色合いの土を埋め込む象嵌《ぞうがん》。鮮やかな黄、赤、青が弾けあう色釉。こういった具合に技法も多様だが、蓋付壺、角瓶《かくびん》、花入《はないれ》、酒器と形も様々だ。

草が見たところ、どの器も花や酒といった中身を必要としていなかった。

蓋付壺には、指跡が荒波のごとく生々しく残る。角瓶は、直角の先端が切れそうに鋭く、強い意志で一切の曲線が排除されている。壁に吊ることしかできない花入は、マンモスの角を細工したのかという代物だ。酒器にいたっては、溶岩の塊に注ぎ口と金の取っ手をつけた、と説明をされても納得できる。

どれも、古谷敦ここにあり、といった強烈な造形だ。

草は、最後の展示室を前にしたところで、休憩用のベンチにへたり込んでしまった。ベンチに立てかけた蝙蝠傘までが脱力したみたいに、傘先からつーっと滑り、持ち手が座面に引っかかってやっと止まる。

やきものというより、これは彫刻だ。

草は胸どころか、喉までいっぱいになってしまった。

今日はおとなしく家にいるべきだったかな、と思った。近頃疲れやすくなったのか、気が向かないと身体までついてこないのかもしれない。この間も休みの日に出かけて、めずらしく急に具合が悪くなったのだった。あれはいつだったろう、と草は考え、弓削が建築を請け負った病院を見に行った時だと思い当たった。となると、気が向くかどうかは無関係らしい。

しばらく何も考えずにぼうっとし、それでも立つ気がしないので、入口でもらった三つ折りのパンフレットを読むことにした。ハンドバッグから取り出した老眼鏡をかける。入ってすぐのパネルにあったものと同じだろう経歴に、ざっと目を通す。

古谷敦は東京生まれ。父方の実家である京都の窯元を継がせようとする両親に反発したが、第二次大戦を経て、独自に陶芸の道に入った。戦争を若い頃に体験したあと、胸に渦巻く思いを作陶にぶつけたらしい。陶芸を始めて、わずか数年で工芸展の新人賞を受賞している。社交的だったため、支援者は少なくなかったようだ。

別の白い紙は、展示作品リストだった。四月中旬には展示の入れ替えがあり、いま紅雲町支店に飾ってある『餓鬼《がき》腹花入《ばらはないれ》』も展示されると書いてある。

草は真っ白い天井を見上げ、昼食を何にするかと考えた。

全部見終えたら、駅の近くにある鰻屋《うなぎや》へ行こう。そうして、肝吸い付きの鰻重セットを食べよう。駅でバスを乗り換えれば、ちょうどいい。昼を決めると、やっと最後の展示室に向けて歩く気力がわいた。

つくづく芸術より生活の人間だと、自分を笑う。

ようやく入った最後の展示室には、一枚の白い大皿しかなかった。これだけならすぐ見終わると、草は足取り軽く器に近寄って、しかし、動けなくなった。

中央のガラスケースの中に普通に置かれたそれは、どこまでも簡素で、生命力に満ちたしなやかな曲線を持っていた。蓮の葉を模しているのだった。葉脈は省略され、どこから見ても左右非対称。なめらかで薄手なのに、ぽってりとした味わいもある。傾けたなら、縁から乳が滴《したた》ってきそうな、ぬくもりのある乳白色。そこはかとなく透明感も漂い、空気にとけそうな気配がありながら、存在感はしっかりある。

覗き込むと、そこまでした者への褒美《ほうび》のように、葉の形の一番深いところに小さな花が一輪ひっそりと咲いていた。真上から見た蓮の花を直径二センチに満たない印に彫り、成形した器が生乾きのうちに押した、印花《いんか》と呼ばれる技法だ。型押しによって花や波など様々な模様をつける印花は日用の器にもよく用いられるが、これはおもむきが少し違った。白い世界から、蓮花が自ら現れたように映る。ここと決めた一か所に印を押す陶芸家の集中力、観る者の期待、そういったものから離れて優然としている。

まるで別人の作品みたい――今日はこれを見るために来たのだ、と草は感じた。

本物の蓮の葉の上にこの大皿を置いて、水を張り、白蓮を一輪浮かべたい。小蔵屋の楕円のテーブルに置いたら映える。それとも、焼いた野菜や魚を無造作に盛り付けようか。砕いた氷を山にして、枇杷《びわ》のゼリーをガラスの器ごとたくさんのせ、枝葉付きの枇杷の実を添えて客をもてなす。そんなのも面白そうだ。

バスに乗っても、鰻を頬張っても、『蓮印花大皿《はすいんかおおざら》』が目に浮かんだ。

翌早朝、小蔵屋の楕円のテーブルに、印花の技法を用いた器ばかりを出してみた。

印花といえば、三島手《みしまで》。在庫にもある。印花の小菊と線彫りで埋め尽くされているものの、黒地に白の化粧土の素朴な器だ。

三島手の他にも、いろいろある。若い作家が松葉や雪の結晶といった凝った印を作って押した角皿は、着物の肩山から散らした文様を思わせる。取っ手に一つだけ印花があるマグカップや、縁に小花を点々とあしらった丸皿などは、若い人たちの暮らしに合うし、手頃な価格だ。

草は、器の用語や技法が学べる店先のコーナーを、金彩・銀彩から印花に変えた。廃業する窯元から昔譲ってもらった印も参考までに並べ、商品の一部も入れ替える。できたら、あの『蓮印花大皿』を置きたいくらいだった。昨夜パンフレットや展示作品リストをよく読んだところ、あれは古谷敦の遺作で、アメリカから今回初めて里帰りしたらしい。いずれ海外の所有者のもとに返却されてしまうわけだから、丘陵の陶芸教室や、公民館の工芸教室で学んでいる人たちにもこの機会に見てほしいと思い、手書きの説明書きの最後に案内を付け加えておいた。入場無料だから、銀行に寄るついでなら損はない。

久実は、大胆な横縞ニットにジーンズで出勤してきた。印花のコーナーの前で、エプロンをつけて腕まくりし、こういうのどこにあったんですか、と印に興味を示す。

草がそれに答える間もなく、久実は、急に何かを思い出したように、愛車のパジェロまで往復して新聞を持ってきた。自慢そうに鼻をふくらませて、楕円のテーブルに置く。

『蓮印花大皿』の話をしようと思っていた草だったが、それはもう二の次になった。

家から持ってきたという新聞の、久実が指差した個所には、弓削の写真が載っていた。購読紙が違うので、草は初めて目にする。老眼に負けじと目を細めるのをやめて、首に紐で下げている眼鏡をおもむろに懐から取り出し、椅子に腰かける。

新聞は二月四日付け。もうふた月近く前の記事だった。

「今朝、唐揚げを作るのにまわりを汚さないようにと思って、古新聞を広げたらこれが……って、新聞は読むものでしたね」

「とはいえ、今はネットもあるし」

これでは年齢的に話があべこべだ。草も可笑《おか》しくなってしまった。

記事は、活躍する若手建築家についての特集だった。意外なことに、六人のうち三人が女性。男性中心だった建築の世界も、時代とともに変わってきたらしい。

そのうちの一人である弓削は、学生時代から有望株で、順調に実績を積み、二度連続して海外のコンペをものにして成功をおさめた。だが、以後は国内外のコンペに落ち続けているとある。共同設計を行ってきたグループからも、考え方の違いから距離を置いた。今何を思うかの問いに、コンペに落ちるのは普通のこと、チャレンジあるのみだと答えている。

その弓削が現在、実母である水上手芸店の千景が所有するヤナギの改装を、赤の他人として請け負い、進めているわけだ。

「いろいろと大変なのねえ」

「かっこいいなあ」

同時に別々のことを言って、草は久実と顔を見合わせた。

掃除を終え、店を開ける。二人は黙って働いた。

草は、弓削の建築家という仕事について考えていた。いつだったか日本屈指の建築家が、コンペに勝つことは少ない、失敗の連続だ、とテレビのインタビューで語っていた。ああいう人でもそうなのだから、二度成功したからといって、待っていては思うような仕事は来ないのだろう。建築家の仕事は、目指すところがあっても、実物を造るなら施主がいなければ成立しない。芸術家とはそこが違う。

会計カウンターにいる久実がガラス戸の外を眺め、ぽつりと言った。

「建築家は、工務店とどこが違うんだろ」

近所の家々を見ているのだろうか。久実も、弓削の仕事について考えていたらしい。

「設計して、監理して、そういうのは同じで……やっぱ芸術家ってこと？　こう、バーンと、私が建てたのよー、みたいな個性が必要なのかな」

言った久実は首をひねったが、常連が飛び込んできて、話は途中で終わった。

草は、暗がりの中で目を開けた。雨戸の隙間や玄関の方から入る外光が、縁側に面した障子越しに青白く感じられる。枕元の明かりをつける。夜明けには、まだ時間があった。

スタンドのつまみを最大限にひねり、老眼鏡をかけ、仰向けになって黄土色の表紙の本を広げる。胸の上の掛布団に立てても、本の位置は低くて読みにくい。こういう時に役立つのが、古裂《こぎれ》で作った俵形の小ぶりなクッションだ。本の下に置くと、ちょうどいいあんばいになる。深緑の絹地と鈍く光る房は、箸休めならぬ、目休め。

草はちょっとした時間を使って、また勉強するようになった。興味を抱いたものについてこつこつと学ぶのが、昔から好きなのだ。

先日、蓮の大皿を見てきた帰りに、市立図書館から古谷敦に関する本を二冊借りてきた。

一冊は、カラー図版が多い『古谷敦作品集』。

もう一冊は、今広げている、市内の出版社が昭和の終盤に出した『旦那衆のおきみやげ』。つけで飲み歩けるような旦那衆が残した、この辺りの産業や文化についてまとめられている本だ。古谷敦についての記述は、思いのほか長い。古い話だが、地名はもちろん、この人は誰々の親戚だ、あの温泉旅館は代がわりして大きくなったと、自分の記憶と重ねられる部分もある。草は半ページほどをゆっくり読んで、本を置いた。続きはまた気の向いた時にと、起き出す。覚えておきたいことだけ、ノートに書き留める。記憶が衰えた分、書く量は増えた。

学ぶ根気があるなら、少し疲れが出やすくても上々。そう思うと、また元気も出る。店を開けると、あっという間に昼となった。気ばかりでなく身体もよく動くせいか、時間が経つのが早い。草は自重してきちんと休憩をとり、午後に備える。

このところ、午前中の習い事を終えて立ち寄る、午後一時前後の客が増えた。印花のコーナーでは、説明書きに添えた案内から、自然に古谷敦と『蓮印花大皿』の話にもなる。やはり今日も同様。陶芸教室でアルバイトをしている工藤も、午前のクラスを終えてやって来た。ヤナギの改装は思いがけない援助があったので、ワンランク上のトイレ機器やシステムキッチンを選んだとか、そんな内輪話もこぼれた。

そのあとのこと。なぜだか、草はもやもやしていた。けれど、工藤に言い忘れたことがあったのか、思い出したくて思い出せない何かがあるのかさえ、はっきりしない。

夜になって、やっと思い当たった。同じ名を、別々のところで見たり聞いたりしていたことに。マイケル・ジェイコブソンだ。こうしてこたつの上に広げている自分のノートにも、『古谷敦作品集』の文中にも、今日の工藤の話にも、そのアメリカ人の名はあった。

草は、こう胸がすっきりしたのは久しぶりで、パズルを解いたみたいにうれしくなった。

　外国人の名前を覚えるのは難しい。

「まあいける、自営《じえい》、昆布《こぶ》、村《そん》……か」

　まあいけるが口癖の自営の昆布屋が、村に住んでいる――という紙芝居のような絵を想像して、老いた脳に覚え込ませる。

　これが同一人物ならばという条件付きだけれど、マイケル・ジェイコブソンは、草を轢きかけた運転手の雇い主であり、あの『蓮印花大皿』の所有者なのだった。親日的な美術収集家で、古谷の作品を多く持ち、研究もしている。

　古谷は、のちにヤナギに組み込まれる辰川屋へ地銀の頭取らと訪れ、酒を酌み交わしては上等なうどんを啜った。そのあと、どういうわけかまったく作品を発表せず、三年間沈黙。久々に世に出した作品は、大きく作風が変化していた。しかし、その円熟期はわずか八か月。『蓮印花大皿』を最後に、五十二歳で没している。

　辰川屋があったあの界隈に、マイケル・ジェイコブソンは特別な縁を感じていた。だから、年寄りを轢きかけた時にヤナギを壊していたかもしれないと、改装の援助まで申し出た。そう考えれば、最初はお金持ちの気まぐれみたいに感じた妙な話も、なるほどと草は納得できた。運転手から頼まれて、こんな援助の話が来たとヤナギの大家である水上手芸店へ電話したのも、縁なのだろう。

　――変ですよね。この不景気に優雅すぎる。

運転手は、あの時にそう言った。詳細は知らされていなかったのかもしれない。海の向こうの人を相手におかしいが、マイケル・ジェイコブソンという人は奥ゆかしいな、と草は感じた。この話は他言しないほうがよさそうだ。

時代を超えた人と場所への縁に自分も遠いところで関係していると思うと、こつこつと学ぶ楽しみが増えた。本を読む時間や気力はそう続かないが、楽しみは少しずつ味わうのもいい。

幾日か前に言ったことを、配達にやって来た寺田がまた口にした。

「あれって、本当に工事やってる?」

相変わらずシートが同じ場所にかかっていて誰もいないんだよ、と今度は首をひねる。昨日工藤が来て工事の話をしていったばかりだと草が教えると、納得してトラックに戻っていく。

寺田を笑顔で送り出した草だったが、実は先ほどからずっと、神経はカウンターの主婦二人の会話に向いていた。話題は、弓削が手がけ、小蔵屋が開院記念の品をおさめた病院だ。

「病気のせいでも、治療のせいでもなく、病院の建物が原因で具合悪くなったってこと?」

「うん。でもそれは、私が思ってるわけじゃないわよ」

「病院のカフェで働いてる、友だちのジャッジ」

「そう。日に二人も三人も、気分が悪いって言い出すんだって。めまいがしたり、立ち上がれなくなったりして」

四十前後だろう主婦たちは、大柄な体格や服装の好みがよく似ており、静かに話している。二席空けて座る短い顎鬚《あごひげ》の老人も聞き耳を立てているのが、草にも伝わってくる。

「でも、病院なんだもん、そんなものなんじゃないの。みんな体調が悪いから通院してるわけだし。奥さんが耳鼻咽喉科で、旦那さんが院長で内科だっけ」

「その院長が焦ってるみたい」

「あら。そうなると……建材が原因？　シックハウスとか」

「それはないでしょ」

「病院だものね」

「友だちはね、造りが問題なんだと思う、って言ってた。スタイリッシュなんだけど、廊下や待合室に斜めの線が多くて、そこに影も重なって」

銀色の腕時計をしたほうの主婦が、宙に何本も斜線を引く。その線は激しく入り乱れている。

「あれは、めまい持ちやお年寄りだとクラクラして耐えられないんじゃないかって――」

豆を挽く音が店内に響き、それを機に主婦たちは話題を変えた。

草は、根も葉もない噂とは思わなかった。それどころか、深刻な設計上の欠陥だろうと受け取った。というのは、草自身があの病院を見に行って気分がすぐれなくなった経験があったからだ。

このところ、弓削は小蔵屋に姿を見せていない。身内のことのように気にはなるが、力になりようもなかった。

その日店を閉める頃には、寺田の話までが予言のようになった。水上手芸店から電話があり、千景がすまなそうにこう言ったのだ。

「実は……改装の援助についてはお断りしようかと。かまいませんか」

迷っている口振りだった。

「かまわないわ。別に、あの運転手さんと懇意なわけじゃないから」

努めて、からっと草は言った。くすりと笑いが返ってくる。

草も小さく笑ったものの、内心にはいろいろよぎる。援助の話を持ってきて失敗したくないと言った運転手。今し方聞いたばかりの病院のこと。両腕を広げて実母千景とそっくりな自分の身体を見下ろした弓削の姿。蓮の大皿と、その所有者と紅雲町の縁などが。

「何かありましたか」

「それが……お草さんは、古谷敦という方をご存じですか」

「ええ。陶芸家の」

ああ、と千景が安堵の声を漏らした。話せる人が見つかった。そんな響きだった。草は付け足した。

「直接は知らないけれど、昔、辰川屋に何度かみえたそうね」

はい、と返事が聞こえてから、しばらく間ができた。

「これから、うかがってもいいでしょうか」

「いいけれど、幹子さんは大丈夫？」

「たぶん……もう一度、様子を見てきます。少しお待ちください。すみません」

私が行きましょうか、と草は訊いてみた。久実が帰りしなにヤナギまで乗せて行ってくれるというので、千景は安心したらしく、お願いします、と答えた。

外は北風が強く、寒くなりそうだった。夜空に瞬く星が、老いた目にも見える。

久実は、パジェロに乗る草に手を貸してくれ、車を出したが、なぜか口をきかない。しゃべり出したのは、最初の信号が青に変わってからだった。

「変だなあ、やっぱり」

「何のこと？」

「雇われているのに、どうしていつも誰も乗せてないんでしょう、あの運転手」

ヤナギは歩いても近い。久実は車の速度を上げて、二つ目の信号も過ぎる。

「ロールスロイスを一人で乗り回して、何やってるんですかね」

「そういえば、そうねえ」

「最初からだけど、なんか信用ならない感じ」

草は曖昧に相槌を打った。運転手だって、運転以外の用事を頼まれることもあるだろうから、変とは言いきれない。でも、どういうわけか、久実の指摘は的外れでもないような気がする。

水上手芸店では、千景が鍋焼きうどんを用意して待っていた。

居間は以前店の方から見たとおり、苔色の薄いカーペットが畳の上に敷かれている。蛍光灯の下で、こたつを挟んで向かい合う。住まいへ上がるのは、草は初めてだった。

千景は笑顔で食事を勧めたあと、浮かない表情になった。

「実は入金があった直後に、運転手さんから電話があって、あちらから建設会社を紹介されましてね。初めて、あれっと思ったんです。話が違うわ、と」

援助する側から建設会社を紹介されたら、それでは条件付きみたいだと草も思った。小鍋から取り分けた熱いうどんを啜る。空っぽのお腹に、鍋焼きうどんはありがたい。

「断りにくいわね。でも断ったんでしょう？」

「もちろん。そんな変更がきく段階じゃありませんし、必要もないですから。そうしたら、下請けでもいいですから費用のご心配はなさらずに使ってください、とまで」

まるで工事に入り込むことが目的だったみたいに聞こえる。

草は、千景と顔を見合わせた。

——雇われているのに、どうしていつも誰も乗せてないんでしょう、あの運転手。

久実の漠然と抱く不信感が、千景の眉間《みけん》にも宿っているように映る。

「その建設会社というのが、ここなんです」

千景は、青い字で社名が入った名刺を見せた。草は老眼鏡をかけた。

建設会社は、市内では知られた中堅だ。有料で耐震強度測定と補強工事を行うという案内の角に、名刺はホチキスで止めてある。営業が訪問して、市の補助金を利用できるといったためになる話もして行き、電話も何回かあった。一年くらい前の話だそうだ。

他にも気になることが幾つかあるんです、と千景は話を続ける。

三年前に、この古い建物ごとヤナギの土地を買いたいという話があり、どこの誰かはわからないが不動産会社を通じての打診は熱心だったというのだ。ちょうど幹子の具合が悪くてそれどころではなく、話は立ち消えになったらしい。

草は黙って食べ、聞き続ける。

「振り返ってみると、あれからです。私が、改装について具体的に考えるようになったのは。ほしがる人がいるくらいなんだから、まだやりようはあるのかなと」

千景は箸を置いて、緑茶を注ぎ足す。

「それから、もう一つ。運転手の佐々木さんを雇っている方は、マイケル・ジェイコブソンさん。古谷敦の研究をしている美術収集家も、マイケル・ジェイコブソンという人なんです。それに義母《はは》は改装に反対して、隣との境の壁を壊してはいけない、古谷さんに悪い、と言っていましたし」

こたつの上に、運転手が置いていった英字の名刺と、地元の銀行本店で開催中の「古谷敦展」のチラシが置かれた。

「全部がつながるような気がして」

名刺は以前見せてもらったし、チラシは草自身がここの郵便受けに入れていったのだ。あれから、千景も古谷について調べ、そこにマイケル・ジェイコブソンという名を見つけたのだろう。

「もしかして、辰川屋に何かいいものが残っているのかしら」

「いいもの……ですか。あの廃屋同然の空き店舗に？」

「空っぽなの？」

「いえ、がらくたはあって、これから処分するところです」

辰川屋は古い店舗の庇を外して、ヤナギに組み込まれた。そのがらくたの中に一つや二つ、古谷の作品が忘れられている可能性だってあるかもしれない。そう草は言い添える。

千景は大きくうなずいて、がらくたは空き家の一階に集めてあるから見てくれないかと頼んできた。目利きの自信はないのよ、と草は断ってから、帰りに空き家に行ってみた。だが、戸口を入ってすぐの廃品の山には、ごく普通のうどん屋で使われていた器しかないように見受けられた。千景が持っている大型懐中電灯の光の中に、埃が舞う。

「おかしいわね。海の向こうの人があれだけ執着するなら、何かありそうなものだけど」

「いいものは、持ち主が手放しませんでしょう」

「それも、そうねえ」

草は、薄ぼんやり見える、がらんとした空き店舗を見回した。いいものなら、確かに捨て置きはしない。でも――。

「簡単には持っていけないものだとしたら、どうかしら」

「というと」

蜘蛛《くも》の巣が埃を含んで房になり、近くの壁に垂れ下がっている。

「壁……」

「壁？」

「陶芸家に書画をたしなむ人は少なくないし、壁に何かかいてあるとか」

千景は小首を傾げる。草は続けた。

「ほら、幹子さんは壁、壁と言うのよね。もちろん、五十川電器との境の壁のことを言っている。改装をさせないためにね。だけどそれは、どこかを直し始めれば、他もついでになんて話になってゆくからじゃない？」

「考えられますね、それは」

古谷さんの動かせない作品を守ろうとしたのかしら、と千景はつぶやく。

ヤナギに組み込まれる前の、古い辰川屋の壁は残っていないのかと、草は訊いてみた。

懐中電灯の明かりが大きく揺れ、奥を照らす。千景は目を見開いている。

「そうだわ、残っています。むかーしの土壁が落ちそうで危ないと、工務店の人に言われたんです。今度昼間に、よく見てみます」

「なんだか、わくわくするわね」

宝探しみたいだわ、と千景の声が少し弾む。

帰り道、千景は信号のあるところまで送ってくれた。援助を断って改装を一部見直します、おいしい話には裏があると思うべきでした、と反省の弁を述べた。二人ともまとめ髪を北風に乱しながら、おやすみなさいを言って別れる。

草は少し先で足を止め、肩越しに振り返った。

白い後れ毛がなびく向こうに、千景の背中が小さくなる。

良いにつけ、悪いにつけ、何か起こる時はいろいろと重なるものだ。弓削の手がけた病院の現状を、彼女が知るのはいつのことだろう。


昼下がり、草は小さなため息をついた。小蔵屋の事務所で、運転手と向かい合っている。佐々木はヤナギに呼ばれて千景から援助の金を返され、その足で駆け込んできたのだ。千景としては返金する口座がわからず、それしか方法がなかったらしい。

運転手の話からすると、千景は、今から別の建設会社を入れるわけにもいかないから、と断っただけで、古谷敦の作品目当てかという懸念は黙っていたようだ。

「別の建設会社うんぬんの話はなし、このお金はどうしても受け取ってもらわないと困る、と伝えろというなら、そうしますけど」

運転手は、封筒から覗く百万円を前に頭を下げる。札束は帯封付きで、偶然だろうが、古谷敦展開催中の地銀の封筒だ。

　贈与税がかからない範囲の、きりのよい金額ということなのだろうか。親しいわけでもない人に援助するには多いようで、美術収集家が目的のために使うなら少ないとも思える百万円を前に、草は困惑していた。店も気になる。いらっしゃいませ、少しお待ちいただけますか、と久実の忙しそうな声が千本格子の戸の向こうからする。事務所が開け放ってあるから響くのだ。客は少なくないので、早く話を切り上げたい。

「私はただの伝書鳩だから、役に立たないと思いますよ」

　運転手は頭を下げっぱなしだ。雇い主の機嫌を損ねたら、職を失うかもしれない。そう思うから必死なのだろう。

「すみません。お願いします」

　木製の事務机に手を置いた運転手は、額の汗を拭ったハンカチを握りしめている。指輪はしていない。既婚かどうかは定かでないが、養わなければならない家族だってあるのかもしれない。

　わかりました、と草は半ば根負けして言った。

「ただし、現金は預かれませんよ。うまくいったら、あらためて振り込んでください」

　明日はやっと定休日——店を閉める時間には疲れ切っていた。

　夜は倒れ込むように寝て、翌朝も寝床でゆっくりし、日の出を見てから河原へと日課に出かけた。

眠っている間に雨が降ったようで、道は湿っている。

地元紙によれば、市内でも桜が開花したらしい。長い橋の向こうから上流へと土手沿いに続くソメイヨシノも咲く気配があり、全体に密になって赤みを帯びている。あわただしく過ごすうちに、四月になっていた。考えてみれば、東京通いが終わって九州に帰るので母をお願いします、と杜夫が朝早くに立ち寄って行った日が、三月の終わりだったのだ。

このところの目まぐるしさを草は思い返し、河原の雑草を踏みしめつつ、一つ一つの出来事を自分の中に落とし込んでゆく。知らぬ間に過ぎていってしまいそうだった時が、緩やかな速度に変わってゆく。

帰って本を広げる気もしないし、まだ何時間かは誰とも口をききたくなかった。

うつむいて咲く菫《すみれ》。白く輝く蓬《よもぎ》の葉。草むらから勢いよく飛び立つ小鳥。

顔を上げると、大空遠く、関東平野の縁の山々が春霞に青の濃淡を見せていた。草は深呼吸する。湿った土と緑の香りで、胸がいっぱいになる。心までふっくらとしてくる。

午前中は台所に立ち、昼食持参で由紀乃を訪ねた。

由紀乃は、熱いスープを一口啜り、目をつむる。

「おいしいわ。身体にしみわたる」

眉間にしわを寄せているのは、本当においしい証拠。草はうれしくなる。

曇りがちで寒めなので、鶏の手羽やもも肉を使ってスープをとった。土鍋を使えば、手間はかからない。最初は、刻み葱だけ入った蕎麦猪口に、白濁したスープを注いで塩をちょっと加えて味わう。次は、一口大に切ってきたもも肉をスープに戻し、春野菜と一緒にポン酢で食べる。しょうが、もみじおろし、ゆず胡椒と薬味を変えれば飽きない。仕上げは、別の蕎麦猪口につけてきたごはんにスープをかける。わざと雑炊にしない。ぬめりがないほうが、すっきり食べられるからだ。

四つの蕎麦猪口、小ぶりの二段重、ステンレスの保温ポットがきれいに空になった。由紀乃の家も、きれいになってしまった。

脱ぎっぱなしのカーディガンや靴下、新幹線の中で読んだのだろう週刊誌やスポーツ紙といった、杜夫の痕跡はもうどこにもない。今日それを見た草は、杜夫がいて片付かない部屋を初めて見た時のように、由紀乃と笑ってしまった。けれど、あの時のように笑い転げはしなかった。

――いつか、また一緒だもの。

一人暮らしがきつくなったら九州に、と杜夫は常々言っている。そのことについて、いつもはまったく触れない由紀乃が、日常が戻った部屋を眺めて、ぽつりと言った。いつかまた一緒に暮らす。だから、それまでは一人で暮らしたい。多少寂しくても、自分で選んだことならいいじゃないの。そんな意味に聞こえた。草は別れの日を考えたくなくて、台所を借りるわよ、と威勢よく言ったのだった。

「そこにうたた寝しているのを見て、やだわ、と思ったわ」

由紀乃がちらりと見て思い出し笑いしたのは、草の座るソファ。もちろん杜夫の話だ。

「お腹かいて、汚いお臍《へそ》出して。こんなおじさんを産んだのかしら、って」

月日は流れるのだ。草も笑うしかない。

「その汚いお臍が印だものね。人間らしい形になる前から、由紀乃さんにつながってた印」

「人間らしい形になる前から……そうねえ」

だから、どんなに遠く離れても、身体が記憶している。忘れられるわけがない。草は、良一を思った。今度会うのは、この身を脱ぎ捨てる時だけれど、それでもまあ会えるはずだ。きっとあの子が見つけてくれる。

雲が割れたのだろう。掃き出し窓に、ぱあっと光が射した。

本当を言えば、草には子供を見たくない時期さえあった。すくすく育つ子を見れば、良一だってこうして大きくなるはずだったと、火のような気持ちに襲われたこともある。幼い杜夫に対しても同じだった。かわいいと思って抱っこしても苦しくなり、自分を情けなく思ったのは一度や二度ではない。でもいつの間にか、杜夫の甘いにおいやぬくもりに、良一が宿っていると感じるようになっていた。身体を通じたやわらかな刺激は、心までやわらかくした。近くにいたら、その心の揺れ動きは伝わったはず。口には出さなかったが、子供を抱っこさせてくれた親友に、草は今も深く感謝している。

由紀乃の家からの帰り道、抱えていた風呂敷包みがふっと浮いた。もう小蔵屋が見えたところだった。

横を見ると、弓削がいて風呂敷包みの結び目に指をかけている。

「あら、こんにちは」

「こんにちは。お出かけだったんですね」

挨拶を交わす間に、風呂敷包みは弓削が抱えてしまった。寄ってみたが定休日だったので、この辺りをぶらぶらして待っていたのだろう。小蔵屋の駐車場に、彼女の銀色のワゴン車が止めてある。東京から車で来ているらしい。

晴れてきましたね、と話す弓削は笑顔だ。目の下の隈《くま》が濃く、疲れている様子は否めない。

「一時間ばかりある？」

「はい」

「じゃ、ちょっと付き合って」

荷物は小蔵屋に置いて、弓削の車に乗り込む。十分後には、丘陵にある旅館の温泉につかり、大窓のガラス越しに市街地を見下ろしていた。

草がいつも手を合わせる観音像は、この丘のもっと上に立っている。観音が見守っている景色を展望風呂から眺めていると、下界の出来事もいくらか俯瞰で見られるし、とろりとした湯で身体もほぐれる。

草は、湯の中の段に腰かけている。

斜め前の方に、波打つ長い髪を緩くまとめた弓削がいる。縁の石に両腕を置き、その上に顎をのせて外を見ている。うなじからしっかりした肩の線が、千景を思わせる。まわりでは、たくさん子を産んだらしき太い腰やら、吸いつくされたような垂れた乳やらが行ったり来たりして、静かなおしゃべりが続いている。平日の昼間は入浴客が少なく、草のような年寄りがほとんどだ。

先に上がった草が休憩室で休んでいると、やがて弓削もいい顔色で出てきた。

「桜……」

早咲きの小さな花が、弓削の声までひそやかにしたようだった。フロントがある二階のこの窓下には、駐車場に続く斜面の緑に、桜が一本だけ控えめに咲いている。ソメイヨシノや枝垂桜《しだれざくら》などもあるが、標高が高い分、開花は下より数日遅れる。

「花より団子」

草は、自分が座っている縁台風の腰かけに目をやった。無料の麦茶と、売店で買ったまんじゅうを用意してあるのを見て、弓削はくすりと笑い、いただきます、と言った。

「小旅行しているみたいです」

「そうね。ネットの割引券、お財布に入れておいてよかったわ」

「とってもお得。一人六百円なんて」

「あるものは、何でも利用しなくちゃ」

草は麦茶を飲みつつ、千景のことを考えた。目に映っているのは、先日の夜送ってくれた際の、彼女の後ろ姿。少女の頃ヤナギまで訪ねた時千景はそっけなかったと、弓削は以前言っていた。今も赤の他人のように淡々と接しているらしい。

「開院の記念品は、小蔵屋さんでしたね」

口を開いたのは、弓削のほうだった。草はうなずいた。弓削は、これからヤナギで打ち合わせだそうだ。いろいろあって改装の予定が変更になるのだという。

弓削が、軽く頭を下げた。

「ありがとうございました。勉強になりました」

「勉強？」

草は、疲れをほぐそうと近くの温泉旅館へ誘っただけだ。

「この先へ、先へと思って仕事をしてきました。でも、身体を置いては行けませんね。人間という生きものを見つめない限り、私の仕事は成立しない」

技術は日進月歩。考えたものを現実の形にすることは、昔よりはるかにたやすくなった。けれど、それが人という生きもの――豊かな感覚を持ち、複雑だけれど、きわめて単純でもある生命体――にかなっているかは、また別の話だ。温泉は、弓削が仕事について考えを深めるきっかけになったらしかった。草はうなずいた。

「そうね。私たちは、身体を脱ぎ捨てては暮らせないから」

「実感しました。しかも、痛くなく、ほっこりと」

ふふ、と草が笑うと、弓削も肉親といる時のような、構えたところのない笑みを浮かべる。初めて見る表情が、草の気持ちまでやわらかくする。千景そっくりの弓削の顔に、草は思う。実母との間にこんな時間を期待していたのだろうか。疲れると、人はどこかへ帰りたくなるものだから。

温泉をあとにして小蔵屋まで送ってもらう。丘陵を下りるにつれて、街は近くなり、空は高くなってゆく。四十歳を超えた弓削の腹にも、人間らしい形になる前から実母とつながっていた印は残っている。良一にも同じ印はある。その事実は消えはしない。半ば自分を励ますように、そんなことを考える。

住まいに入るなり、さてさてと独りごち、千景に電話した。運転手の用件を伝えたのだ。これから打ち合わせでは、先延ばしにもできない。

千景は、もう援助を受ける気はないと、きっぱり答えた。

やることはやったので、草はその電話を切ってすぐに運転手に連絡した。運転中でもあるのか留守番電話だったので、用件を吹き込んでおく。

水音やさわさわとした葉擦れが心地いいのは、羊水に包まれていた時の記憶につながるからかしらね——草は、ヤナギの前にある石のベンチに座っている。

今朝は、見事な朝焼けだ。頭上の柳の間からも、薄紅色に染まった雲が見える。

心音、血流、羊水の動き、母体越しに伝わってくる人声や物音。そういうものに近いのは、列車の揺れ、風呂、布団を頭からかぶった時の安心感。輪郭の曖昧な雲のように、考えはとりとめもない。

いつものように河原で小さな祠と丘陵の観音に手を合わせ、三つ辻の地蔵を参ったあとは、めずらしくヤナギに足が向いたのだった。五軒の真ん中の辰川屋だった空き店舗にシートがかかり、修理中のドリ坊はまだ五十川電器に帰っていない。表から見える変化と言えば、それくらいだ。

ベンチ脇のひしゃげた灯籠──軸のたいそう太いキノコか、大きすぎる蓋をのせた湯呑という代物──のてっぺんに、雀が止まった。

人のことなど、まったく気にしていない。

高さ五、六十センチの灯籠の、やはり直径五十センチはあろうかという笠部分の一番上、親指ほどの突起のところから、器用にちょんちょんと斜面を下りてくる。灯籠そのものが全体にベンチ側へ傾いだ形なのに、バランスを崩しもしない。放射状に五つある涙型の穴も上手に避けて笠の突端まで行くと、仲間でも探すかのように周囲を見回している。

変な灯籠。実際に明かりを灯したら、上に光を放つのかしら。

草は初めてよく見た。灯籠はやきもので、素地は黒っぽく、釉《うわぐすり》は黄ばんだ和紙を思わせる色合いをしている。

雀は羽を広げて一瞬飛び、下のもしゃもしゃしたリュウノヒゲの植え込みにもぐりこんだ。

考えてみれば、この昔からある灯籠が、ヤナギの変化を一番驚いているのかもしれなかった。かつてここにこうして座って産みの母を見ていた少女が、建築家になって帰ってきて、ヤナギを改装しようというのだから。うまく行くように、力を貸してやってくださいよ——灯籠の砂埃を、草は手で払う。笠が、がたついた。下とは別になっているらしい。気づいた時にはもうここにあった灯籠は、長年風雨にさらされて、すでに地蔵のような存在に感じられた。

日が高くなるにつれ、ずいぶんあたたかくなった。

春の陽気に誘われて出かける人が多いのか、小蔵屋もにぎやかで客が途切れない。

明日からは、二週間ほどかけて準備してきたディスプレイに替える。何かと人が集まる季節だから、取り分け料理の出番が多い。そこで大きな器を何点か選び、一つの器につき三種類ほど盛り付け例を示す。たとえば、印花コーナーのつながりで印花をいくつか散らした厚手で純白の長皿には、マヨネーズを使った簡単な帆立貝《ほたてがい》のグラタンと、いつでも手に入る玉子・胡瓜《きゅうり》・みょうが・いくらのちらし寿司、それから一本丸ごとのロールケーキといった感じだ。ついでに用意した調理方法のカードは、自由に持ち帰ってもらう。もちろん、小皿やレンゲといった取り分けに必要な食器もあわせて紹介する。

そんなわけで、時間を作っては主だった盛り付けを写真におさめてきたのだが、今日の昼休みは最後の一品の撮影が残っていた。

「久実ちゃん、よろしく。遅くなっちゃったけど、事務所に用意できたから」

わかりました、と久実は元気に千本格子の奥へ入り、一分もしないで草のそばまで戻ってきた。最高です、と小声で言い、小さなガッツポーズを決める。

「やっぱり？」

残していたのは、長皿のロールケーキの写真撮影。買ってきたものだから味はよしとして、盛り付け方を面白がってもらえる自信があった。長皿が売れてくれればそれに越したことはないが、食を楽しんでもらって、また小蔵屋に来たいという気持ちにつながるだけでもいい。

「いっそ、本物を店先に置きたいくらいです」

「そういうわけにもねえ」

「とりあえず……食後に二切れ食べてかまいませんか」

「お腹に聞いて何個でも」

久実はにんまりしたが、店の入口をさっと見て、急に真顔になった。

「お客様です。撮影だけしちゃいますから、お草さんが先に休憩に入ってください」

草は琺瑯《ほうろう》のポットを片手に、久実の視線を追った。入口には、例の運転手が無表情に立っていた。店前の駐車場には、いつの間に入ってきたのかロールスロイスが停まっている。

「いいのよ、久実ちゃん。先にゆっくり昼にしてちょうだい」

運転手に聞こえるように、草はさらりと言った。

大体、何なのだろうと思った。彼にも事情があるだろうが、こちらも遊んでいるわけではない。もともと運転手を知ったのは、轢かれかけたからであって、こちらは一方的に、お願い事をされている関係に過ぎない。ずいぶん身勝手だなと、草はどうしても冷ややかな気持ちになってしまった。

運転手は会釈して、カウンター席の壁際に腰を下ろした。会釈を返した草はコーヒーを出したが、他の接客に努めた。事務所で向かい合った時には、午後一時半近かった。

運転手は、また事務机に地銀の封筒に入った札束を置いた。

前回は帯封付きが覗いていたが、今回は紙幣がバラバラ。そして、運転手はその横に滑らせるようにして、白い封筒を差し出してきた。

「何度もお時間をいただいて」

言葉数は少なく、顔色も冴えない。

嫌な予感がして、草が中をあらためると一万円札が十枚入っていた。

「謝礼を出すので、もう一度よくヤナギへ話してみてほしいということでしょうか」

「そのとおりです。すみません。お願いします」

この間までは調子よく返ってきた三点セットのセリフも、すっかり勢いがない。事務所に入ってあらためて出したロールケーキと緑茶も手つかずだ。

いらっしゃいませ、少々お待ちくださいい、と久実の忙しそうな声が響いている。

草は帯の辺りをなでた。奥の住まいに引っ込み急いでかき込んできた昼食が、胃で滞っている気がした。

「これを受け取ってもらえなかったら解雇だ、と言われましたか」

運転手は首を横に振る。

「だったら、どうでしょう。返されてしまったと報告してみたら。車で私を轢きそうになった時も、よく正直に報告したとおっしゃった方なら、心配ないように思えますけど」

「それは……」

うつむきかげんの運転手を前に、草は考えをめぐらす。

運転手は、改装工事に入り込む算段をしていた。少なくとも、援助が古谷敦目当てであることは承知しているのだろう。土地建物の買い取りの打診や耐震診断といった三年前からの出来事もつながっているのなら、ここまできて失敗では立つ瀬がない。経緯のすべてを知っていようといまいと、雇い主の苛立《いらだ》ちは感じるはずだ。それもわかる。

でも、なぜそもそもこんな遠回りをするのかが、草には理解できなかった。

「古谷敦が目的なら、ジェイコブソンさんが直接ヤナギへいらしたらいかがです」

運転手が、顔を跳ね上げた。驚きの表情が、渋面に変わる。ここまでわかってしまったとは思いもよらなかったらしい。

「だって、そうでしょう。研究のために、辰川屋だった空き家を見せてほしいなら、そう頼めばいい。何も、うっかり轢きかけたことまで利用しなくたって」

運転手は両手で顔を覆い、完全にうつむいてしまった。小柄な草に、男のきちんと刈り込まれた首筋が見える。表情はわからない。厚みのある肩が小刻みに揺れる。指の間から見える顔面から耳まで真っ赤になってゆく。

完全に失敗した。もうおしまいだ。そんなふうに思ってしまったのだろうか。

しばらく一人がいいだろうと思った草は、奥の倉庫へ走る久実に代わってレジを打ってから、熱いコーヒーを二つ持ってきた。

久実は見かねたのだろう。忙しいのについてきて、水上手芸店に連絡しましょうか、とささやいた。だが、草は首を横に振り、もう少し、と返した。いえお昼休みはまだありますからいいんですけど、と久実は心配そうに接客に戻る。

男は真っ赤な顔をして、目を拭っていた。

「すみません。取り乱してしまって」

「いえ。よかったらどうぞ。コーヒーは熱いですよ」

今度は、男はロールケーキを食べてしまい、コーヒーも飲み始めた。表情はやわらいでいる。

「ジェイコブソン氏は、水上幹子さんにヤナギを見せていただきたいと何回もお願いしたそうです。しかし、断られてしまった」

「ということは、ずいぶん前ですね」

「おそらく何十年という単位の、以前のことではないかと」

千景は、姑からその話を知らされていなかった。

古谷さんに悪い、という幹子の訴えを、草は思い出していた。

すまなそうに、運転手が言う。

「そうはおっしゃいませんが、ジェイコブソン氏は長い間待っていたのでしょう。千景さんにお願いする機会を」

ジェイコブソンの予想以上に、幹子が長生きしているという意味なのだから、恐縮するのも当然だった。

「しかし、氏も高齢です。もうのんびりしてもいられません」

「それで、こんなふうに手の込んだことを」

「でも、これでは私が全部台無しにしたのも同然です。氏はがっかりし、腹も立てるでしょう。今度こそクビだ……」

草は返事のしようがなかった。冷たいようだが、仮にクビになったなら他に仕事を探す以外ないのだ。

「おわかりにならないでしょう。五十を過ぎた男が、やっと見つけた仕事を失うということがどういうことか」

運転手は、見透かしたように言った。仕事の顔を外し、皮肉な笑いを浮かべる。

「自分だけなら、どんな我慢もできるが……」

運転手には、家族がいるらしい。

しかし、これではほとんど八つ当たりだ。どうせ嘆くならマイケル・ジェイコブソンの前でやるべきだと思い、草は事務机の上にある二つの封筒を押し返した。

「先日、銀行の展覧会で古谷の遺作、蓮の大皿を拝見しました」

運転手は、眉根を寄せた。具体的な作品までは知らないのかもしれない。

「ジェイコブソンさんに伝えてください。あんなに素晴らしいコレクションをされているなら、もういいじゃありませんか。縁がなかったと今回はあきらめたらいかがです。決して運転手さんのせいじゃありませんよ、と」

運転手が封筒をつかみ、椅子を鳴らして立ち上がった。背もたれが壁に激しく当たった。がらっと千本格子の引戸が開き、店の方から駆け足が飛び込んでくる。開け放ってある戸の向こうに久実の気配がしたが、すぐに遠ざかった。

「失礼します。いろいろとありがとうございました」

儀礼的な響きの言葉を放った運転手を、草は淡々と見上げた。暗い目に敵意が光ったが、特にこれといった感情もなく見つめ返した。

帰ってゆく運転手の後ろから店へ出ていくと、久実が焦った様子で電話していた。相手は千景だった。草は電話を代わり、今帰ったから心配いらないと伝えたが、小蔵屋の閉店時間過ぎになって彼女はやって来た。


桜がほころび始めたといっても、まだ夜は冷える。

千景は羽織ってきた大胆な花柄刺繍の黒いショールを取り、頭を下げた。

「申し訳ありません。うちのことで、ご迷惑をおかけして」

「千景さんにしても、降りかかった災難に変わりないわ。幹子さんは一人で大丈夫？」

「はい。このところは落ち着いているので」

「それじゃ、コーヒーをどうぞ。小蔵屋がこうなってからは初めて？」

「いえ、新装開店の頃にお邪魔して」

千景は半ば懐かしそうに店内を見回し、黒光りしているカウンターをなでる。

「やっぱりいいわ。白壁に、太い梁と柱。落ち着きますね」

草はコーヒーを淹れ、あったことをそのまま話して聞かせた。常連が今し方届けてくれた焼き芋も出す。

ジェイコブソンが幹子に接触していたという事実に、千景は驚いたというより、納得したようだった。

「すみません。事情がよくわかって助かりました」

「どうかしらねえ、先方があきらめてくれるといいけれど。壁は見てみました？」

こっくりと、千景が実に満足そうにうなずいた。

「ありました。二階の床の間の土壁に、直接描かれた墨絵が」

携帯電話を持ち出して、その壁の画像を見せてくれる。草は老眼鏡をかけて、携帯電話を受け取った。

絵は、達者で力強い線の滝昇りの鯉。左下にある崩し字は「ふるや」と読める。千景から話を聞いた幹子は、覚えがあるのか、うれしそうな表情を浮かべたそうだ。

「ヤナギの財産じゃないの」

鯉はぎょろ目の漫画的な顔で、開いた松ぼっくりのような鱗をしている。蓮の大皿にたどり着く前の、非常に個性的な陶芸作品の雰囲気に近い。草の好みではないが、言葉に嘘はなかった。

「その上には、富士山の平凡な軸がかけてありましてね、墨絵は見えなくしてあったんです。あんまり趣味じゃなかったのかしら」

千景はくすりと笑って続けた。

「土壁は普通の壁にかえてしまいますけど、この絵はどうにかして保存したいと」

「本当にあったのねえ。今頃になって、どきどきしてきちゃったわ」

携帯電話を返した草は、胸を抑えた。

なぜか、千景は少し寂しげに微笑する。

「義母は、古いヤナギを眺めてため息をつくのに、長年改装に反対してきましたでしょ。隣との境の壁を壊してはいけない、と言って。理由がはっきりしませんでしたが、古谷さんの絵をそっとしておきたかったと考えれば理解できます。嫁に言っても価値がわからないと思ったのかしら……話してくれたらよかったのに」

最後のほうは、ここにいない幹子に言っているみたいだった。草は明るく言った。

「幹子さんと千景さんは、同じ工房で働く先輩後輩みたいな感じね」

そのことを思い出したかのように、千景の笑みから翳《かげ》りが消えた。

「ええ。義母には、どれほど助けられたか。夫も早く亡くなりましたし」

Tシャツの右袖にしてあった繊細な刺繍を、草はクドウで見たと言った。千景はうれしそうにした。

「刺繍は不思議です。小さな世界なのに、実際にそこに入り込むと無限の広がりを感じましてね。大胆に自分の力で、静かな海を光が射す方へゆったりと泳いでゆくみたいな、意外に豪快な面もあって」

草は、非常に興味深く千景の話に耳を傾けた。

器を作る、あるいは小紋を染めることを仕事にしている知人たちの働く姿を思った。はっきりした陸や島影が見えるわけではないのに、目的の場所を目指して泳ぐ。自分の身体と感覚が頼り。風や潮の流れを味方につけられるかどうかも、やってみないとわからない。何かを真剣に作り上げることは、そんな遠泳に似ているのかもしれない。確かに豪快だ。

「だから、ヤナギのあの小さな店に暮らして、息苦しく感じたことはありませんでした」

「そう」

「最初の結婚とは正反対です」

千景は、意味ありげに視線を合わせた。さっぱりした物言いだった。

「元の夫は、本心では引き止めようと思ったのでしょう。生まれたばかりの娘を置いて出るのが離婚の条件でした。私、後悔していません。いろいろな人の顔をつぶしましたから、実家にも帰れませんけど」

後悔していない——言葉どおりだとしても、葛藤はあったはずだ。後悔すまいと前向きに生きてきたのだろうと、草は受け取った。

「うらやましい。私には、二度目のいい縁がなかったわ」

二人で、くすくす笑う。草が離婚経験者で嫁ぎ先に幼い息子を残してきたことを、幹子から聞いていたのか、千景は知っていたようで別に驚きもしない。ここに至るまで、いろいろな苦い思いを呑み込んできた。互いにそう感じるからこそ、笑いあえる。

草は手だけ動かして、近くの小引出しから牡丹餅柄の手紙を出した。手元をカウンターの陰に隠し、そっと広げる。

《帰っておいで》

水たまりに落ちてインクがにじみ、薄墨色の空の満月にこの一言だけしたためたような手紙。

二月のまだ寒い暮れ時に、五十がらみの男性がこれをヤナギ前に落としていった。冷たい雨の中、渡す踏ん切りがつかなかったみたいに映った。

「ご実家には、ごきょうだいが？」

「弟夫婦が両親と暮らしています。その点はありがたいと思っていましてね。一人っ子でしたら、昔何があろうと、親が高齢になって帰らないわけにはいきませんでしょう」

あるいは、手紙を落とした男性は、千景の弟かもしれない。そんなふうに、草はひそかに考えた。

「少し立ち止まって、改装を考え直してみようかと。絵の保存工事は結構費用がかかるようですし、援助がなくなる分、キッチンや浴室の水回りは安いものに戻さなければいけませんし。どうも弓削さん任せが過ぎました。才能豊かな建築家だからとおんぶにだっこ。改装は自分のことなのに、あまり考えていなかったと、反省しているんです」

「工事を止めたら、かえって余計な経費が発生しない？」

「工務店の仕事に穴はあかないので、大丈夫だと思います。弓削さんが最初から他の現場優先でかまわないと頼んでくれていたものですから、その点は」

「なら、よかったわ」

実の娘を、弓削さん、と呼ぶ千景には、湿ったものは感じられなかった。

ショールをまとって外に出た千景に、草はカイロがわりに焼き芋の残りを持たせた。

「消そうとしても、うまくいくものじゃありませんね。親と子の関係は」

千景は腕の中の包みに、目を落とした。先ほどの話からすれば、千景と実家の両親のことかもしれない。だが草は、乳飲み子を抱いた彼女を見ていた。去りゆく母親の痕跡を下手に残したくない。子の幸せを祈る母として、千景がそう思ったとしても不思議ではない。

「お臍があるものねえ。子供が人間らしい形になる前から母親とつながっていた印が」

草が言うと、千景は歯をのぞかせて静かに笑い、帰っていく。

縮れ毛をまとめたうなじからしっかりした肩の辺りが、温泉につかって外を眺めていた弓削を思い出させた。


翌朝、草はディスプレイを替えるため、日課は早めに済ませて店に立った。

印花コーナーの隣に、印花をいくつか散らした厚手で純白の長皿を展示する。盛り付け例の写真は、帆立貝のグラタン、ちらし寿司、丸ごと一本のロールケーキの三枚。調理方法のカードは、自由に持ち帰ってもらうように木製の盆に用意する。

その時から何か気に入らなかったのだが、あらかたディスプレイを終えたところで、草は奥の住まいまで往復した。

いっそ本物を店先に置きたいくらいです、という久実の言葉が当たりだと思った。本物というわけにはいかないが、ものをのせて見せたほうがかえって長皿の魅力が引き立つかもしれない。

木目がきれいな花台の上に、印花を散らした純白の長皿を置く。今度はその長皿の上に、三十センチほどに切りそろえた桜色のミシン糸五本を、ロールケーキの切れ目にしたい個所に並べる。そのままでもよいのだが、ミシン糸の端はそれぞれ花弁形のシール二枚で挟むようにして飾ってみる。そうして最後に、クリーム色のタオルを丸め、ロールケーキに見立ててのせる。

ミシン糸をロールケーキの上で交差させて引くと、そこで切れる。刃物なしでいいから子供でも簡単。糸で切る感触そのものも、新鮮で楽しい。それに、洗い物が一つでも減るなら主婦にはありがたい。

糸で切るロールケーキを売ってる店があるわよね、うちでもできるんだ、とここに立つ人の楽しげな会話を草は想像した。

その日の午後。

曲げ木の椅子に恋した女性が現れた。いらっしゃいませと声をかけると、はにかんで左頰にくぼみを作り、例の椅子に近寄っていく。草はクドウを紹介してみようかと思った。こういう椅子がほしいと言っておけば、いつか同じようなものを探し出してくれるかもしれないし、あの店で他のお気に入りを見出せるかもしれないから。

ところが、間もなく、その必要はなくなってしまった。

同じ椅子に座ろうとした中年女性が、席を譲って、その椅子いいですよねと話し出し、やがてクドウを紹介したのだ。丘陵の陶芸教室に通っているという。彼女の連れも加わって、古家具の話に花が咲く。

縁はいろいろあるものだと、草はあらためて教えられた気がした。

しばらく経ってその話を工藤にする機会があった。

あの女性たちといい、弓削さんといい、工藤さんからできていくつながりはおもしろいわね、とカウンター越しに言うと、彼はこう返した。

「でも結局、お草さんや千景さんのおかげですよ。千景さんが教えてくれなかったら、弓削さんの存在だって未だに知らなかったと思うし」

「え？」

工藤がパカッと口を開け、まずかったという顔をした。

「あー、これ内緒です」

身を乗り出して草に顔を近づけ、声をひそめる。

「だめもとで弓削さんにヤナギの改装をお願いしてみようと思うと相談した時、千景さんから言われたんです。大家を通じて弓削さんを知ったなんて絶対言わないこと。そのほうが工藤くんの気持ちがストレートに響くわよって」

工藤は元の姿勢に戻り、コホン、と一つ咳払いをした。

「実際、そのアドバイスは当たったわけで」

――消そうとしても、うまくいくものじゃありませんね。親と子の関係は。

そう言った千景が彷彿とした。

「なるほどねえ」

カウンター席についた新しい客のために、草は試飲用の器を選ぶ。

後ろにある作り付けの棚の中から、印花の小花が散らしてあるフリーカップを手に取った。いつもより、ちょっぴり心が弾む。

第四話　見込み

夢のように桜が散る。南風にあおられて、薄紅色の花弁が舞い、土手の上の乾いたアスファルトに、くるる、とやわらかな渦を作る。

目で追っているのは花びらなのに、見えてくるのは風のふくらみや流れのほうだった。見えるものから、見えないものが、見えてくる。そのことに、はっとして、草は立ち止まる。七十数春見てきたはずの桜は、このところ美しくなるばかりだ。花吹雪にふうわり包まれていると、ここだけ、時がゆっくり流れているようでもある。

蝙蝠傘をつき、草履で一歩進んだら、花弁の渦はふっと逃げていった。

花びらの、くるる。

それが、早朝の日課から戻った草に、萩焼の浅鉢を覗き込ませた。

器の内側全体、あるいは器の内底の中央を「見込み」と呼ぶ。径七寸、高さ二寸弱の、この器の見込みは、萩焼らしい靄《もや》がかかったような濃淡のある薄紅色。中心には、作家の指による、あの花びらのくるるを彷彿《ほうふつ》とさせる渦がある。心地よい厚みの浅鉢を手にとって、朝陽をすくうようにしてみると、見込みはぐうっと広がる。淡い色彩に浮かぶ、細かな凹凸がきらきらと迫ってくる。たった七寸の器の内側は、宇宙に変わる。

次はこれ――草は、やきものの用語や技法を学べるコーナーを見やった。

出し巻き卵、漬物、炊き立てのごはん、豚汁の朝食をしっかりとり、再び小蔵屋に立った時には、見込みの面白い器が頭の中にあった。

荒々しい窯変《ようへん》が、抽象絵画のような鉢。

青磁を思わせる水色が溜まった、乳白色の灰釉《かいゆう》の茶碗。

湖底への入口のような、深く透明な緑の織部盛鉢《おりべもりばち》。それから盃を何点か。

カウンターに器をひととおり並べたところに入ってきたのは、運送屋の寺田だった。休みだそうで普段着だ。寺田のセダンが、店前の駐車場の道路際に置いてある。仕事以外で来ることもあるが、こんな朝早くからは珍しい。草の淹れたコーヒーを飲む頃には、何をしていたのかを聞いて、見込みか、と言って器を覗き込んだ。

「見込み違いで偽物の骨董をつかまされたとか、そんなとこから来た言葉？」

「内側を覗き込む、という意味からだと思うけど」

「ふーん。人間も、よーく覗いてみないと」

「何の話？」

草は藍染の紬に合わせた白い割烹着の袖を少し上げてから、流しに栓をして勢いよく水を出した。たっぷり水がたまったところで、きゅっと蛇口をしめる。それまで寺田は黙ってコーヒーを啜っていた。

「佐々木って言ったっけ。ロールスロイスの運転手」

「ええ。もう、あれきりだけど」

佐々木は、ヤナギの改装費用の援助金を水上手芸店から返されてしまい、あたふたと小蔵屋に駆け込んできた。そのあげく、クビになるのを恐れるあまりか、八つ当たりして帰っていった。そういった経緯は、久実が寺田をつかまえては報告している。

「昨日の午後、しゃれたスナックの前で見かけたんだ。ドアにもたれた女と話し込んでた」

「よく顔がわかるわね。見たことあった？」

「ないけど、わかるさ。これ見よがしに、ロールスロイスを道端に停めてるんだから」

スナックは、ホテルの近く。ホテルは工藤がバーテンをしていて、ロールスロイスの中にあった駐車券に名前があったところだと、事情を知っている寺田が言い足す。草は、その辺りの歓楽街を思い浮かべた。昔は花街だった界隈《かいわい》だ。

「昨夜、高校時代の野球部の連中と飲んでさ。二軒目はどこにしようかって話になったから、そのスナックに行ってみたんだ。そしたらまた来たんだよ、運転手が」

草は話の続きを聞きながら、カウンターの器を流しに運び、水の中に一つ一つ丁寧に沈めてゆく。土と火で作られたやきものは、なぜか、水に濡れると光を集めて生きいきする。萩焼の薄紅は華やかさを、織部の緑は透明感を増す。土、火、光、水。こうしていると、手の中に、暮らしと自然があるようだ。

「そのママは、運転手さんのいい人？」

恋人の古い言い回しに、寺田は破顔した。

「たぶんね。お安くない関係なのさ」

店の奥に消えた二人を、寺田はトイレにかこつけて見たのだそうだ。ママは右手の指を三本立て、あとこれだけ、ほんとに大丈夫なの、もう手付金は戻らないのよ、と迫った。運転手は弱々しい笑みを返し、促されて賃貸借契約書の連帯保証人の欄に署名捺印した。新しい店の資金を約束しているらしい。というのは、運転手が現れる前に、目と鼻の先へ店を移転して女の子を増やしますからよろしくと、ママは寺田たちに愛想をふりまいていたからだった。

「若い？」

「三十代かなあ。二十やそこら離れてんじゃないの。美人ってわけじゃないけど、小さい目に愛嬌があって、人当たりのいい娘《こ》だったよ」

うなずいた草は、運転手の取り乱した姿を思い出していた。

あの日、彼は千本格子の向こうの事務所で、泣き顔を見せまいとするように両手で顔を覆ってうつむいてしまったかと思うと、帰り際には椅子を鳴らして立ち上がり暗い目に敵意を光らせたのだった。

――おわかりにならないでしょう。五十を過ぎた男が、やっと見つけた仕事を失うということがどういうことか。

切羽詰っていた理由は、女か。

のぼせ上がって、とは思わなかった。心の声に従うより他ない、どうにもならない気持ちがわかるだけに、なんだか哀れだった。

「やんなっちゃうね。やつは、お草さんを轢きかけて逃げたくせに、無茶な頼みごとの連続。その理由が女ときた」

「私は……」

誰もが反対する結婚をして失敗し、その後は、妻子のある男を人知れず思ってきた。運転手をどうこう言えやしない。

「もう関わりあいにならないほうがいい」

「ヤナギのことは、あの人もあきらめたでしょ」

「違うんだな、それが。ヤナギの成功報酬はでかいとさ」

「そう言ったの」

「うん、ママ相手に。全部任されてるとか、なんとか。酒が言わせたんだろ」

寺田が、コーヒー片手に草を見る。

そういうことか、と草は納得した。

自分では無理だと感じたジェイコブソンが、ヤナギに残されている古谷敦の作品を手に入れたい、全部任せるし費用も惜しまない、と佐々木に依頼。うまくいったら大きな報酬を渡すと約束し、この街が故郷の運転手ならば、と一縷《いちる》の望みを託す。大金を夢見る佐々木は必死だ。時には感情的になり、時には勇み足で尻尾を出すことになった。ジェイコブソンがあの様子を見ていたなら、人選を誤ったと後悔したかもしれない。

だが、佐々木からしてみれば、援助金を断られたくらいであきらめるわけにはいかないだろう。

「成功ってなんだろ。突っ返された百万を、また受け取らせたら成功なのかな」

ヤナギ、古谷敦、ジェイコブソンの関係を知っているのは、水上手芸店と草くらいだ。古谷がヤナギの土壁に描いた鯉の絵についても、草は口外していない。それらの話はヤナギから漏れるならともかく、他人が広めないほうがよいと思った。

「さあねえ。人の考えはよくわからないわ」

「それを言うなら、金持ちの、だよ。そんなことで成功なら、あの運転手の代わりにヤナギに援助金を押しつけてきて、たんまり報酬をもらいたいね」

寺田は冗談を言い、自分で笑う。

「千景さんが受け取らないわ」

水の中の器を眺める草は、額のあたりに探るような視線を感じつつ、微笑む。千景がジェイコブソンの企《たくら》みに気付いてしまったのだから、どんなにあがいても運転手に勝ち目はないだろう。彼が何をしようと無駄に決まっている。

「寺田さんとこの会社は、五十過ぎの人を雇うなんてないの」

「そんなことはないさ。まあ、基本は四十五歳までだけど人物本位だと思うよ。実際、五十過ぎの新顔もいるし……って、もしかして、あの運転手の再就職先を心配してるの？」

そのとおりだったが、草はとぼけた。

「お草さん、お人よしもたいがいにしなきゃ。大体、女に入れ込んでるようじゃ、危なくて使えないよ。クビがどうのなんてのは嘘で、同情を買ってでもなんとかしようって腹なんじゃないの」

草は話題を変え、寺田に二人の娘たちは元気かとたずねた。途端に、寺田は父親の顔になり、まだまだ色気より食い気だよと、話し声までやわらかくなった。草はうれしくなる。娘たちの近況を知りたいというより、そういう寺田が見たかったのだ。

久実が出勤してくる前に、寺田は帰っていった。

再び草は一人になり、店の掃除をし始めた。身体を動かしながら、見込みの展示方法について考えていると、電話が鳴った。ちょうど出勤してきた久実が、会計カウンターの子機を取る。はい、はあ、と用件を聞いて保留にし、小首を傾げた。

「椅子を売ってもらえませんか、だそうです。テーブルのところの、これ」

子機を持って歩いていき、自慢の腕力でひょいと片手で持ち上げたのは、曲げ木の古椅子。先日も、譲ってくれないかと女性客から乞われたばかりだ。低い背もたれから座面にかけてが一枚の曲げ木、あとは黒い金属製で、全体に渋い色合いをしている。商品以外は売らないと久実も知っているはずなのに、相談の余地があるような顔つきだ。

「なあに？　断っていいわよ、いつもどおり」

「言い値で買うそうです。二十万でも、それ以上でも」

久実が、にかっと笑う。

草は唇をきゅっと結び、思案した。先日その椅子をほしがった、笑うと左頬にくぼみができる若い女性客を思い浮べていた。椅子に恋い焦がれるあまりの電話だろうか。そうだとしたら、少々ストーカーじみている。

「若い女の人？」

「女性ですけど、そんなに若くはなさそうな」

草は胸をなでおろし、申し訳ないけど売れないわ、と言った。ですよねえ、と久実がさももったいなさそうに言い、しかし、小蔵屋はそうでなくては、といった感じで胸を張って、電話の相手に断り始める。

掃除に戻った草は、水を使って見込みの面白さを見せたい、一体どう展示したらいいのだろうと続きを考える。今朝の花弁の渦と、多様な表情の見込みが心を占めてゆく。

結局、売り場の一角に、水を置いた。

両腕で抱え込める大きさの、ゆりかごふうの形をした白い琺瑯《ほうろう》の洗い桶《おけ》を、やや手前に傾けて置き、半分ほど水を張って裏庭の万年青《おもと》や笹をあしらい、自前の器二点を沈めてみたのだ。あえて白い琺瑯を多めに見せて、清潔感を出す。織部盛鉢が一部重なった萩焼の薄紅は、緑と響きあって、水面から出ている部分もつやめいて映る。売りものは、その近くに展示。見込みの説明書きの他に、参考品と商品の区別がつくよう案内を添える。

間もなく開店時間となった頃、久実はカウンター内にあった新聞を見つけ、やっぱり出ちゃいましたね、と言った。草が読んだままにしてあった地元紙には、弓削が手がけた病院の構造に問題があり、複数の患者が吐き気やめまいなどを訴えたため建物内に仮の処置をした、今後改修するとある。

「しかたないわね。具合悪い人を出したみたいだから」

「うー、厳しい。弓削さん、フルネーム書かれてる……この紙面もなんだかなあ」

「リフォーム詐欺の記事が日に日に大きくなってるから、その一環みたいに見えるよねえ。全然別なのに」

以前、カウンターに座った主婦が言っていた。

――スタイリッシュなんだけど、廊下や待合室に斜めの線が多くて、そこに影も重なって。

草自身も、完成間近の病院を訪れて気分が悪くなった。その時は自分に原因があると思っていたのだが、のちに客の話を聞いてなるほどと思った。白い骨組みでガラス張りの面が多いあの建物には、単なるまっすぐな廊下も、四角い待合室もなかったのだった。

「写真が載ってるでしょう」

「とりあえず衝立を置いてますね。斜めのガラス張りのとこに」

「改修で休診にする場合は、工事費、施主への営業補償と金銭面の負担も大きいと思うわ」

建築業者側が加入する保険があると聞いたことはあるが、草にはよくわからなかった。保険で全額補えるほど世の中は甘くないだろうと、想像するばかりだ。

夜明けに届いた地元紙のこの記事で、胸が重くなってしまい、それで今朝はいつもより足を延ばして土手の桜並木まで歩いたのだった。ヤナギでも、誰かしらがこの記事を読むのではないだろうか。

店を開けた。見込みのコーナーに、人が繰り返し足をとめる。

その様子を眺める草は、なんとはなしに弓削を待っていたり、見込みのディスプレイが彼女にも束の間のうるおいになればと思ったりしていた。一人で看板を上げて働く者同士の仲間のような気持ちからだった。なんとか、この苦境を乗り越えてほしい。

「――さん、このところ来ませんね」

客の波が引いた昼直前、カウンターを拭く久実がそうつぶやいた時も、だから弓削のことだと思った。

「病院のほうが忙しいんでしょう」

工藤さんのことですってば、と久実が微笑む。

今日工藤が陶芸教室を無断欠勤していると、客の話からわかったらしい。彼はよく働くから、普通ならそんなことをしそうになかった。高熱で動けなかったりして、と久実も心配する。

草が電話してみると、クドウは留守番電話になっていた。伝言は残さず、今度は水上手芸店に連絡をとる。無断欠勤とも言えないので、工藤に用があるのだが、このところ顔を見ないし、電話したら留守のようだと様子を訊いてみた。

「帰らなかったのかもしれませんね。今朝も車がなかったので」

千景が答える。電話を漏れ聞いた久実は、何を想像したのか、にやにやしてカウンターを離れた。

「あら、そう。じゃあ、あとでまた電話してみます。お騒がせしちゃって」

一拍間があり、千景のほうから、今朝の地元紙を読んだかと訊いてきた。

「ええ、弓削さんの手がけた病院のことが載ってましたね」

努めて明るく、草は答える。

「弓削さんは、近頃ヤナギに?」

「いえ。私が考えをまとめてから、打ち合わせる予定なので」

「小蔵屋にも近頃みえないわ。でもこの間、上の温泉に行った時、ほっこりしたって言ってましたよ。二人ともちょっと疲れ気味だったから、あったまっていい具合で」

「お草さんと温泉で、ほっこり……」

電話の向こうから、かすかな驚きが伝わってくる。

まだ若いんですものね、と千景がつぶやく。あの子はまだ若いんですもの、失敗はある、取り返しもつく。そういうふうに聞こえる。

千景は、それから少しヤナギの改装について話した。

「この間、小蔵屋さんにうかがって、どっしりしているなあ、と感じましてね。そういうとこ、うちにもほしいなと」

「古材を使っているから」

「それもありますけど、お店は変わったのに、変わってらっしゃらないでしょう。入りやすい雰囲気も、隅々まできれいでいらっしゃいの気持ちがあふれているところも全然」

そんなふうに言われたのは初めてのことで、草は返事に戸惑った。あの世で両親まで喜んでいる気がした。

「そういう長年の蓄積が、私にはどっしりなんです。うちが積み重ねてきたものは何なのか、どう暮らしていきたいのか、よく考えてヤナギの今後を決めないといけませんよね」

そう言われて、草は小蔵屋と自分の関係について思い返した。

最初から、こうと決まったものがあっただろうか。

なんだか、進む方向だけが漠然と決まっていた程度だった気がする。きちんと計画を立てたのは金銭面のみ。あとは自分の感覚を頼りに、ものや人と対話して、その都度考えた。そしたら、こういう小蔵屋になっていた。そんな感じだ。

「私は今も、やりながらってところがあるの」

「やりながら……ですか」

「店も、自分も、まだ育つというのか、変わるというのか、そういう余地があると思うし」

久実が、いらっしゃいませ、と声を張る。主婦たちがにぎやかに入ってくる。

千景は、ふふ、と笑いをもらした。年寄りが言う台詞《せりふ》ではないかな、と思い、草もつられて笑う。


翌朝、あまりの強風に、草は外出を控えた。

居間で丘陵の観音や三つ辻の地蔵の方向に合掌《がっしょう》することで、日課を済ませる。土埃が街を呑み込むほどの風は、この地方の名物。気候の変化とともに年々弱まっているようだが、それでも時には歩行者の転倒事故を聞く。

炊飯器が、ごぼうと鶏肉の炊き込みごはんの、食欲そそる香りを放ち始めた。

こたつの隅に朝食のおかずを準備した草は、熱いほうじ茶を啜って『旦那衆のおきみやげ』を何日か振りに開いた。こつこつやっている勉強の続きだ。竹細工のしおりを抜き、図書館のにおいのする黄ばんだページをめくると、また一つこの地域に残る古谷敦の足跡がくっきり浮かび上がってくる。

「皿事件」は一ページ弱あった。いつものペースなら半ページほどで本を閉じるところだが、草は終わりまで読んでしまった。

皿事件とは、こんな逸話だ。

ある日、古谷敦は、銀行のお偉方と辰川屋を訪れた。その場で自作を披露し、買い上げが決まる。酔って上機嫌の彼は、床の間の掛け軸がつまらないからと、それを外して土壁に昇り鯉を描く。酒席は拍手喝采で盛り上がる。やがて彼は、辰川屋の器までつまらないと言い出した。半ば祝い酒なのに、華やぎに欠けると思ったらしい。鼻先まで持ち上げた皿に、地味ですなあ、と一言。その皿は古谷の手から滑り落ち、あっさり割れてしまう。

水を打ったように、場は静まりかえった。

その皿は辰川屋自慢の骨董だと、頭取が青ざめた。

ところが辰川屋の主人は骨董などに頓着せず、けがはなかったかと古谷をいとい、割れた皿や散らかった肴を片付けた。そして、あらためて料理を運んできた。今度の器は、盆にのせたそれは美しい蓮の葉だった。古谷は打たれたように黙り、蓮の葉を覗き込んで、やがて姿勢を正して頭《こうべ》を垂れたという。自分のおごりを恥じたのだ。買い上げの話も断り、しまいには自作を割る騒ぎになった。それは皿とも香炉とも言われ、破片は古谷の希望によって壁に埋め込まれてしまったと伝えられている。以後、古谷はこの地を訪れることはなかった。

草は、これまでつけてきたノートを見直した。胸が高鳴った。

空き家の鯉の絵、それが古谷によって描かれた夜へと、時空を越えて一気につながった。皿事件の起きた年から考えると、このあとに沈黙の三年間があり、作風が激変した円熟期、草を魅了した遺作『蓮印花大皿《はすいんかおおざら》』と続くのは明白だった。

己を叩きつけるような作意を、一枚の蓮の葉に、あっさりと吸い取られてしまった古谷の衝撃が目に見えるようだった。もてなす心も、枯れるしかない葉も、自分を主張しない。その懐の広さ深さに、めまいすら覚えたかもしれない。葉や土器に、命のもとである食べ物を盛りつけて、大切な人に差し出す。生活のそんな原点にまで、心が帰ってしまったとしても不思議ではなかった。この夜があったから、蓮の葉を模したあの白い大皿は生まれたのだ。

ノートをさかのぼると、ジェイコブソンが古谷の作風の激変について、力を入れて研究しているとある。『古谷敦作品集』を読んで書き留めたものだ。

草は、近しく感じた。古谷も。『蓮印花大皿』を所有するジェイコブソンも。

魅力的な遺作をもたらした夜を知ると、古谷という人に直接触れたようで、ますます作家と作品を知りたくなる。ジェイコブソンの立場なら、運転手に成功報酬を約束してすべてを任せてみるかもしれなかった。

その邪魔をした一人が私か――多少の罪悪感を、草は朝食と一緒に腹におさめる。佐々木のやり方はいただけないが、ジェイコブソンの情熱を思うと少々気の毒に思えた。

ジェイコブソンにとって、劇的な一夜を象徴する鯉の絵は価値あるものに間違いないし、古谷が割った自作となれば、なおさらだ。

どんな作品を割ったのか。

草も、自身の目で見てみたかった。

陶芸家は試行錯誤して土や釉薬《ゆうやく》から作り、形を生み出し、窯に置く位置や熱の伝わり方に至るまで神経を使って炎と格闘する。薪《まき》窯なら何昼夜も。それでも、やきものは土と炎まかせ。熱い窯の中に、手は届かない。割れてしまうものもある。期待外れの結果が次々出てくる。その中に奇跡じみて生まれた、これぞという作品を、自らの手で割る。なかなかできることではない。数時間煮込んだシチューを食べずに捨てることだって、普通はできやしない。

それまでの自分を打ち砕くかのような、古谷の激しいエネルギー。

割ってもなお目にしたくなかったらしく壁に埋め込まれてしまったという作品の、陶片だけでも見つかれば、それらを接《つ》いで、もとの姿を再現することもできる。『蓮印花大皿』と並べたなら、より沈黙の三年間に迫れる。

風がおさまった午後、草は予約していた、かかりつけの内科医と歯科医をはしごした。

血圧がいつもより多少高いとわかり、無理しないことと自分に言い聞かす。歯科医の問いかけに、大口を開けたまま、んあー、はう、と言葉にならない返答をする。ちょっと削って治し、全部自前の歯であることをいつものようにほめられて定期健診は終了。

若い歯科医は、奥歯が何本か失われて久しいことには触れない。可能な限り自分の歯だけでやっていきたいという草の希望を優先してくれる。

まぶしいライトが消され、治療台が起こされる。ぐぶぐぶと口をすすぐ。誰かが来て治療用のおかけみたいなものを外してくれるのを、草は正面にかかっている絵に目を置いて待った。オランダかベネチアを思わせる水辺の街の風景。パステル画の風合いで、水際の白い道が手前から向こうへと延び、左手には色とりどりの家並みが続く。ヤナギと違って、道は緩やかに右に曲がっている。

草の心は、またも古谷が割った自作へと吸い寄せられる。

どんなものなのか見てみたい。

「はい、杉浦さん」

薄いピンク色の制服を着た歯科技工士に促され、草はゆっくりと治療台を下りる。いつの間にか、おかけのようなものは外されていた。

あの人も同じことを考えている――写真ですら知らないジェイコブソンをあの人と呼んで、草は紅雲町を蝙蝠傘を突きつき歩く。

若葉が出たばかりの花梨《かりん》の街路樹から、右の道に折れた。そうしてヤナギの近くまで行って、柳が続く辰川を右手にして立った。左手には一部シートがかかった灰色の長屋式店舗があり、車がやっとすれ違える程度の道はまっすぐ住宅地の方へ続く。草は視界を横切ってなびく白い後れ毛を、小さな髷《まげ》から抜いたべっ甲の櫛《くし》で直し、紬の襟をちょいと整えた。

やっぱり、壁。

それも、求められているのは、壁の中にあるはずの陶片だ。

そう考え、一人うなずく。

隣の五十川電器との境の壁は壊してはいけない――九十一歳の幹子が言ってきた昔からの教えが、俄然、深い意味を帯びる。

鶯《うぐいす》が柳の上で、ケキョ、ケキョ、と楽しげに鳴いた。

灰色のヤナギが、草の目にも、宝のありかに見えた。


朝から大粒の雨。

今日で桜も終わりかと、草はガラス戸の向こうを見やった。河原の土手で見た花吹雪を思い、あれが人生最後の桜かもしれないという小さな覚悟、年寄りならめずらしくもない考えを胸の奥にしまい込む。

客がいない小蔵屋に、電話が鳴り響いた。

水上手芸店からで、ドリ坊が帰ってきました、と千景が声を弾ませる。傷も目立たず、上手に修理できるものだと感心しきりだ。五十川も、ドリ坊に養生テープを巻いた社長も喜んでいると話は続く。草は、ロールスロイスに轢かれかけた末にドリ坊の胸に蝙蝠傘を突き刺してしまった時のことを思い返して、ぞっとした。近いうちに見に行くと約束する。

「そういえば、工藤くんから電話はいきました？」

はてなんだっけ――草は困って受話器を手で押さえ、久実に助けを求めた。工藤さんが陶芸教室を無断欠勤した時に家でダウンしてないか確かめたじゃないですか、と久実が即答する。草も思い出した。水上手芸店に電話はしたが、無断欠勤のことは言わずにおいたのだ。あの時は、今朝も車がなく帰らなかったのかもしれないと教えてもらった。

工藤に電話をするよう言づけた覚えもなく、もういいのよ、と返事をする。どうも、千景が気をきかせて、連絡するように彼に言ってくれたらしかった。

「電話してないんですか」

本当にいいのよ、と草がとりなしたところに、千景の不満そうなつぶやきが重なる。

工藤くんたら、この頃どうしちゃったのかしら。

午後も雨で、降りに波があった。

草は静かな小蔵屋を出て、ヤナギを訪ねて驚いた。

あれだけ改装に熱心だった工藤が、腰が引けてきたのだという。留守がちで、一度は打ち合わせをすっぽかし、顔を見せても上の空だったりするらしい。

それに前後して、彼の友人である鞄《かばん》職人が改装後のヤナギに入居する話を断ってきた。ヤナギの工事がなかなか進まないから考え直したいという理由で。千景はおかしいと首をひねり、秋にでも開店できればいいのでぜひと言っていたのに、とこぼす。

鞄屋が入居予定だったことを、草は初めて知った。工藤は外出している。

「別に、公平が出ていくわけじゃないさ」

五十川が、電器店のサッシの内側に立つドリ坊の大きな頭をなでる。五十川にはめずらしい軽さで言うので、かえって工藤が出ていきそうな予感がしているみたいに聞こえる。五十川の隣で、千景も心細そうにドリ坊の肩に手を置いた。

「まったく、今どきの若い人は」

草はわざと言った。

千景と五十川が、目を見開いて草を見る。

「こういう時に使うのかしらね、この台詞は。私も若い時にさんざん言われたわ」

追いかけてもしかたがない。若者は、年寄りの理解の及ばないところへ行ってしまうものだ。

うなずく五十川と千景の腰の辺りで、ドリ坊はつぶらな瞳でにっこりしている。七三分け、半袖半ズボン、直立不動。家電メーカーの何十年も前のプラスチック製マスコットが、こんな時は頼もしく映るから不思議だった。「D」の文字が胸にあしらわれた襟付きの黄色いシャツも、誰かの手によって直された。古いけれど愛されている。

「お帰り。どっしりしてるわね。ドリ坊も」

草は腰をかがめて、ドリ坊の顔を覗き込んだ。

千景は、何かを思いきるみたいに、短く息を吐く。

「まず自分がどう暮らしていきたいか、ですよね」

なのに五十川は、もうおれは、とつぶやいて水を差す。草は苦笑した。

「何歳でも、明日はわからないし、今を生きるのはおんなじよ」

本当は自分に言い聞かせていた。こうでも思わなければ、年寄りが店などやっていられない。五十川は鼻の頭をかいている。何を思うのか、厳めしい顔がゆるむ。

草は背中側にある壁を意識した。

水上手芸店との境の壁。ここに、古谷の作品が埋めてあるのかもしれなかった。あるいは、他の壁に。『旦那衆のおきみやげ』の「皿事件」をコピーして懐に持ってきたが、出せなくなってしまった。陶片には興味がある。けれど、この上さらにヤナギを混乱させるのもどうか。陶片は見つかるべき時に見つかる。そう思うことにして、草は電器店を出た。

雨は小降りだった。

クドウの前に、男性がいた。五十くらいだろうか。蝙蝠傘を広げた草をちらっと見て目をそらす。上着がなければ休日着のような、自由業ふうの垢抜《あかぬ》けた身なりをしている。帰ろうとしていた千景が、昨日もおといもあそこにいて、とささやく。声をかけようとすると逃げるように去ってしまうらしい。

手芸店に入っていく千景と別れてから、草は男性のいる方へ歩いた。

牡丹餅柄の手紙を拾った日を思い出していた。

あの時見かけた男性に、雰囲気が似ている。手紙を落とした人は、二月の雨が降り出した暗い夕方、うつむきかげんでヤナギの前をうろついた末に、渡す決心がつかなかったみたいに背を向けて行ってしまったのだった。目の前の男性は、クドウのガラス戸に向いて立ち、紺色の傘の中に隠れる。

手紙を見て、ふーん、と気のない反応をした工藤が彷彿とし、草は自ずと足が止まった。

「帰っておいでって、手紙を……」

出てしまった声の明瞭さに我ながら戸惑った。落としませんでしたか、と続きは心の中で言う。

紺色の傘が振り向きかけて、しずくを落としたが、それきりだった。

草もそこを離れた。知らない人に対して変なことをしたときまり悪くなり、足を速める。これだから年寄りは、と耳元で声がするようだった。

手紙を返そうとするなんて、ばかなことをしたものだ。もしあの人が落とし主だとしても、読まれたことで気分を害したかもしれない。水たまりで濡れて「帰っておいで」の一言しか読めなかったなんて、知らないのだから。

住宅地の路肩に、欧風で丸みを帯びた青い小型車が停めてあった。近くの家はみな、あの車を停めるくらいの空きはある。さっきの人がここに駐車しているのだろうか。

ザー、と雨足が強くなった。

草は振り向いてみる。

紺色の傘の人は、まだ同じ格好でクドウに向いて立っている。

その男性は、三十分もしないうちに、手紙を返してほしいと小蔵屋を訪れた。カウンターでコーヒーを啜っている。

名刺には看板広告会社の代表取締役とあり、姓は工藤。工藤公平の父親だという。草を見て、小蔵屋の店主だと見当がついたのだそうだ。店前の駐車場には、あの青い小型車が置いてある。

草は、例の手紙を差し出した。

「なんだ、これしか読めなかったんですね」

工藤とちっとも似ていない顔が、初めてゆるむ。

「息子さんはここで手紙を見て、ふーん、と。まるで無関係みたいに」

「実はこれ、妻が出さなかった手紙でして」

二月に見かけたこの人の迷う姿に、草はなんとなく合点がいった。

「あいつも、母親の字だとわかったはずですが」

手紙は、上着の内ポケットにしまわれた。

他に客はおらず、静かな店内に激しい雨音が響く。久実はコーヒーグラインダー周辺の掃除をしている。

「怒っていらっしゃるでしょうね。あちらの方々は」

意味がわからない。

「それは、ど――」

「ええ、ええ、それは当然です」

どういうことか訊こうとした草だったが、工藤の父親は早合点して何回もうなずく。

「駅前の一等地に古家具屋と鞄屋だなんて。うまい話にのって」

草は内心驚いた。久実も肩越しに振り向いて、目を丸くしている。

あちらの方々とは、ヤナギのことだった。

「そもそも鞄屋さんからは、跡取りをヤナギに誘った時点から、息子をそそのかしてと言われましてね。その時は、私も息子に代わって再三反論しました。そんなつもりではないと思う、二人とも若いが彼らなりの考えがあるのでしょう、と。ヤナギで店を始めた時に、私も調べましたから、それほど不安はありませんでした。大家さんも誠実な方で、家賃も安い。あれなら失敗してもひどい痛手にはならない」

「調べた？」

「ええ。息子には内緒で。結局、わかってしまいましたが」

これが親心というものだろうか。草は、久実とちらりと視線を交わす。

「でも、今回は駅前のビルだなんて。アメリカ人の富豪が、若者の夢に手を貸す？　こちらは賃貸契約の初期費用はいらず、最初の一年は月四十二万円の家賃のうち、売り上げの一割のみ負担すればいい？　極端な話、売り上げ五万円なら家賃は五千円、ゼロならゼロということですよ。そんな話が信用できますか。ロールスロイスを乗り回す、あんな男の」

うまい話を持ってきたのは、佐々木なのだった。

若い二人が外れたら、ヤナギは予定が大きく狂う。千景の態度に変化があるかもしれない。そこに佐々木は賭けたのだろうか。あまりの強引さに、草は嫌気がさした。これでは、仲が良かったヤナギの住人たちの関係まで壊れてしまう。

「その男に会ったんですか」

「つかまえましたよ。街中、車で走り回って」

工藤の父親は、表情は特に変えなかったが、語調を幾分《いくぶん》強めた。

「大事《おおごと》になる前に、先手を打たないと」

工藤は、小学校高学年から高校にかけては、商店街にある数軒の友人宅を渡り歩いて寝泊まりする日が大半で、帰宅する日は逆に友だちを連れてきた。大学進学後は、東京で一人暮らし。工藤のアパートは、彼の友人や、そのまた友人のたまり場となった。よく知らない人間が出入りすると、問題も増える。ある者は親に内緒で大学を中退して行方不明になり、ある者は傷害事件を起こして警察に逮捕された。親、学校、アパートの管理会社から、工藤家は事あるごとに連絡を受け、時には息子に代わって謝罪し、また時には顔も知らない人の相談にものった。だが、周囲の困惑をよそに、工藤は生活を変えなかった。東京から帰ったあとも家にはほとんど寄りつかず、やがてヤナギに暮らし始めた。今では、息子の近況を他人から知らされることが両親の常となった。

時々あきらめの境地のような表情で語る父親は、でき得る限りの理解と寛容でもって子育てをしてきたのだと、全身で訴えていた。

「会って諭《さと》そうと思っても、居留守か、本当に留守。電話やメールも無視。みなさんに顔向けできないようなことをして、この街で商売ができるとでも思っているのか……まったく世間知らずな」

センスのいい、自由な若者。そんな工藤の姿が、草の目にも少々違ってきた。

話を聞いた草は、どうも息苦しくなった。友人知人が多いからといって、必ずしも心穏やかに暮らせるわけではない。人の渦に巻き込まれ、行く先も、帰る場所も見失う。そんな場合だってある。

「自分が何をしているのか冷静に考えてみろと、あいつに言ってやってくださいませんか」

草は、小さくうなずいた。諭す自信もなかったし、言えば言うほど逆効果ではないかという気もしたけれど。もとより、父親のほうもさほど期待はしていないらしく、弱々しく微笑む。

「どうかヤナギの大家さんにも……いいえ、すみません。私もどうかしてますね。こちらには関係ないのに……」

息子には会えず、ヤナギには顔向けできずの父親は、コーヒーがおいしかったと最後に言って、帰っていった。

雨は、再び小降りになった。

小蔵屋に、客がちらほら入っては出てゆく。接客の間に、久実と二、三言葉を交わす。若い人がいなくなるなら千景さんはそれなりに考えるだろうし、と草は言い、佐々木の本当の目的を知らない久実は、あの運転手は何したがってるんですかね、工藤さんもひどい目に遭わなきゃいいけど、と顔をしかめる。

草は戸口で最後の客を見送った。

「工藤さん、本当はどうする気なのかねえ」

久実は、レジを締める手を止める。

「まあ、そうですよね。本人に訊いてみなきゃ、わからないか……」

草はクドウに電話をかけた。案の定この間のように留守番電話になっていたので、短い伝言を吹き込んでおく。

今日小蔵屋にお父さんがみえました、話はそれだけ、と。

日の出直前の空がまぶしくて、草は目を細めた。

昨日の雨で、河原や丘陵の若い緑が勢いを増したようだ。大好きな夏に向けてますます日は伸び、草木は旺盛に育ってゆくのだと思うと、身のうちにも力が満ちてくる。ついている蝙蝠傘を軽く感じつつ、土手を越え、三つ辻へと歩く。地蔵をあとにしてから、背後に人の気配を感じた。丸いカーブミラーを見ると、後ろの方に工藤が映っていた。

工藤は声をかけてこず、何メートルか後ろをついてくる。

草も振り向かない。

赤い首輪をつけた猫とすれ違う。ランニング中の男性に追い越される。先の十字路を、新聞配達のバイクが横切る。いつもの紅雲町が違って見える。緊張するような、ほっとするような、この妙な気分のせいだ。

小蔵屋に帰って、裏手の住まいの玄関から入る。店に回ってみると、工藤は表に立って待っており、中に入れてやるとカウンターに腰かけた。淹れ立てのコーヒーと軽くあたためたあんぱんを出してもなお、草は黙っていた。工藤の瞳はさきほどから空《くう》を行き来して、言葉を探している。

「父は、なんて？」

かすれ気味の喉をコーヒーで湿してから、すみません、いただきます、と工藤はあわてて付け加えた。

「駅前の一等地のこと、心配していたわ。運転手の佐々木さんだそうね、その話を持ってきたの」

「それ、ヤナギには……」

草は首を横に振ったが、工藤は安堵した顔をしなかった。自分から言わなかったことであっても、こうしてあっという間に広まってゆく。二十数万人が暮らす市なのに、この辺りはそういう土地柄だ。ヤナギに知れるのも時間の問題でしかない。

「鞄屋の友だちが、やたら乗り気で」

工藤は打ち明けた。

新しくなるヤナギに自分が友人を誘ったこと。その友人は考えを変え、駅前の一等地にいられる間に客をつけ、いずれ郊外の倉庫でも安く借りて店舗にしようと目論《もくろ》んでおり、工藤に踏ん切りをつけさせるために勝手にヤナギに断りの連絡をしてしまったことも。

「工藤さんはどう思う？」

工藤の瞳は、揺れ動く。

草はあんぱんを食べる。工藤も一口かじり、やがてためらいがちに答えた。

「僕が行かなきゃ、駅前の話は成立しません。あいつは僕を恨むでしょうね……今さらヤナギってわけにもいかない。実家で仕事を続けたって、愉快なわけもないし」

駅前出店の件を進めようとする友人のところに焦って飛んでいく、友人の父親からどうなっているんだと鞄屋に呼びつけられる、落ち着いて話し合うために別の友人宅に寝泊まりしているとそこへ鞄屋の両親がのり込んでくる。それでこのところ工藤は留守がちになり、ある日はうっかりして無断欠勤してしまったのだった。

「でも、僕まで抜けたらヤナギは……」

工藤は、かすかなため息をついた。駅前のほうが目立つとか、売れるだろうとか、そういう話はしない。

人が好きなんだろうな、と草は思った。

「訊き方が悪かったわね。このおいしい話そのものをどう思うかって意味だったの。改装の援助を断ったのは、千景さんから聞いたでしょ」

「はい」

「理由も聞いた？」

「そのほうがいいと思ったから、って」

「おいしい話は、それを受けた人が得をするわけじゃない。言い出した人が得をする。昔から、そういうふうに相場が決まってるのよ」

工藤が眉間にしわを寄せる。

「佐々木さんというか、ジェイコブソンさんが得をするんですか？」

そうして、あきれたような笑みを浮かべた。

「いやあ、ヤナギや僕らにほどこしたって、富豪にこれといったメリットはないでしょ」

工藤は空っぽの両掌を、自分が何も持っていないことを確かめるかのように見てから、草の視線をとらえた。

草は肩をすぼめた。続きは千景さんから聞きなさい、と言って、ヤナギに帰るよう促す。

「家に――」

出てゆく工藤が何か言った。草は聞き直した。

「家に帰れとは言わないんですね。父と話せとか、そういうことを」

草は、ふっと息を吐いて笑った。

「言ったって無駄でしょ」

昔、親から引き止められれば振り払い、親の顔が曇ればますますこれしか道がないと思い詰めたことがあった。ばかな娘だと思うが、自分で選んだ人生だ。誰を恨みようもない。

まいったなという笑顔で振り向いた工藤に、続きを言う。

「手紙は、お父さんにお返ししたわ」

工藤は草に向き直って、ぺこっと頭を下げた。

「手紙のこと、しらばっくれてて、すみません」

「こちらこそ、勝手に読んで」

草も頭を下げた。

帰っておいで。あの手紙はもうないと思うと、なんだか懐がすうすうして、寒いような気がする。

朝の道に消える間際、工藤がバイバイした。

草も子供みたいに、バイバイしてみる。


壁を眺め、壁に埋め込まれているのだろう、古谷敦の陶片を思う。目の前にあるのは小蔵屋の漆喰壁だったが、ヤナギの壁を見ていた。古谷が割った自作は、皿とも香炉とも言われているが、どんなものなのか。いや、その作品が何だったかより、壊された作品に宿る、変わろうとする激しい力を直《じか》に感じてみたい。

「へえー、陶芸家が描いた鯉の絵か」

気の抜けた口調で言ったのは、運送屋の寺田だ。荷物を受け取った久実が、その人まあまあ有名らしいですよ、と返す。

ジェイコブソンが美術収集家で古谷敦の研究者であること、壁の絵の存在が彼と佐々木をヤナギに呼び寄せたようだということを、千景が話すようになり、工藤から小蔵屋へ、久実から寺田へと伝わって、草も黙っている必要がなくなった。ヤナギの改装はやめないし、鞄屋の若者がヤナギへ戻る気があるなら歓迎すると、千景は言ったそうだ。それを草に小声で伝えた工藤は、友人を説得すると言って、いくらか安堵した表情を見せた。

寺田と久実が、怪しむような目つきで草を見る。

「驚きがないね、お草さん」

「工藤さん、私にだけ説明してた感じだったんですよね」

草は、何も聞こえないふりをして、客を笑顔で迎える。

寺田は野球好き、久実は元スキー選手。よほど名の知れた芸術家の作品でもない限り、興味をそそられない様子だ。寺田が久実を端に呼んだ。佐々木がバーにいた一件を、客に聞こえないように小声で教えている。成功報酬？　女に貢《みつ》ぐために？　久実のあきれた声が草の耳にも届く。

陶片が壁に埋もれている可能性について、草は胸にしまっておくことにする。やはり千景にも話さずにおこうと思う。好奇心も過ぎたら禍《わざわい》のもと、あれは見つかるべき時がくれば見つかる、とあらためて自分に言い聞かせた。

それでも、考えてしまう。

曲げ木の椅子に座っていた女性客が物言いたげにしているのに気付いたのは、また店の壁を眺めて陶片に思いを馳せていた時だった。

女性客は三十代だろうか。買い物は済んだようで、テーブルには小蔵屋の紙袋が置いてある。真っ赤なクラッチバッグから煙草を出しかけたが、草が微かに首を横に振ったら、店内禁煙の木札を見てやめた。小さな目をぱちくりして、両手をひらひらさせて。

わかってるわ、手持無沙汰でついね、と聞こえるほど、仕草がおしゃべりだ。ここまではっきりと水商売の雰囲気をまとった客は、小蔵屋ではめずらしい。

草が試飲のコーヒーを持っていくと、

「言い値で買うと、お電話したのに」

と低い声で言って、トントンと椅子の背を叩く。

この曲げ木の椅子を譲ってほしいと、電話をかけてきた女性なのだった。和食器売り場にいる久実には聞こえていない様子。他の客は、カウンターに一人しかいない。

極太のアイライン、重たそうにさえ見えるつけまつげの小さな目は、草を探るように見ている。白い歯を見せて微笑む。左頬に愛嬌のあるくぼみができる。同じ頬をした、もっと若い女性がいた。彼女もこの椅子をほしがった。目の前の厚化粧を想像で取り除いてみると、二人の目鼻立ちも似かよっているようだ。

草は声をひそめ、間違っていたらごめんなさい、と前置きする。

「佐々木さんが通っているお店に、この椅子は似合いそうにないけれど。これを本当にほしがっているのは、妹さんじゃない？」

客は鼻からフッと息を抜き、あさっての方を向いて笑う。なあに、このおばあさんは。そういうふうに仕草から聞こえるのだが、不思議と嫌みな感じがしない。

「いらつかされる。優しくて丁寧な人。どっちが本当かなと思って、ためしに電話してみただけだったんです。そしたら、欲がない真面目な人だった。それに、今日会ってみて、びっくり。すっごく勘もよくて」

「欲がなかないわ。商《あきな》いしてるんですもの」

眉を下げて表情をゆるめた彼女は、外に出られるかと訊いた。

草は久実に断って、小蔵屋の軒下まで出る。

日は高く、庇の影はずいぶん濃くなった。日向なら汗ばむほどの陽気だ。

「佐々木さんは、たぶん成功報酬は手にできないと思うわ。大丈夫？　新しいお店の手付金は戻らないんでしょ」

「こわーい。何でもお見通しって感じ」

彼女はブルブルと大げさに震えてみせた。彼女のつけている香水だろうか。さっきから南国の果物を思わせる甘い香りが漂っている。

「もしかして夜な夜なうちの店を覗いてません？」

「わかるでしょう。商売していると思いがけないことまで耳に入るって」

草は、カウンターの客が帰るのを見送ってから、きっぱり言った。

「悪いけど、私は力になれないわ」

彼女は、もう一度身震いした。草は表情を引き締める。戻らない手付金はいかほどだろうか。手付金を払ったなら、現在の店舗は解約すると通告してしまっている。新しい店をあきらめて今の店を借り続けるにしても、普通は新規契約扱いで費用がかかる。経営が苦しくなり、店をたたむ羽目になりかねない。

「他に方法がないなら、ヤナギの水上手芸店へ行って、洗いざらい話して相談するしかないと思うわ。千景さんだって、話は聞いてくれるかもしれない。佐々木さんが成功と言えるような結果は難しいと思うけれど」

だめだったんです、と言って、彼女はまぶしそうに空を見上げた。実はヤナギの帰りなのだと言う。考え抜いてそれしかないと決意し、水上手芸店に出かけ、ジェイコブソン氏の研究に協力してほしいと頼んだが、姑幹子の意思を尊重したい、それは曲げられない、と千景から断られたのだそうだ。

「そう……これからどうするの？」

さあ、と言った彼女は日陰と日向の境を蹴った。昼間は暑いほどでも、夜はまだ冷える。きらきらした華奢《きゃしゃ》なサンダルは、いくぶん心もとない。

「わかってたんですけどね。父の悪い癖。大きいこと言って、結局、失敗しちゃう」

父？

草は訊き返そうとしたものの、タイミングを逸した。

「父は東京でホテルマンをしていた時、母と出会って結婚したんです。そのあとは転職のたびに引っ越し。会社をつぶしても、だまされても懲りないし。母は父を捨てました」

離婚後の佐々木は独り身がこたえたのか、軽井沢のホテルに八年勤務し、落ち着いた生活をしていた。ところが二年ほど前、人員削減の対象となった。数か月職探しを続けた末に、ホテルの上客だったジェイコブソンが新しい運転手を探していると聞きつけ、そのホテルのレストランで偶然の再会を装い、自分を売り込んだのだそうだ。以前、私の生まれ育った街の不動産会社をご紹介しましたね、運転以外にもお役に立てますよ、と。

一年くらい前に市内の建設会社を送り込もうとしたあたりから、佐々木はヤナギの件を全面的に任されていた。うまくゆかず、この年明けには行き詰まっていたのだが、春先には今度こそいけると自信を見せたらしい。

「妹さんは、このことを？」

「いいえ、母と妹は知りません。たまに二人のところに行っても、父の話はタブーで」

店前を、真っ赤な車が走り抜けてゆく。

「でも私は……父に期待しちゃう。今度は、今度こそは、って」

彼女はその車を目で追ってから、再び空を仰いだ。

春の霞んだ空に、雲がゆっくりと流れてゆく。どこから来て、どこへ行くのか。どれも長い尾を引いている。

「さあ、ここが一番いいとこだぞ。花火を見に行くと、父は言うんです。小さな私を肩車してね。でも、すぐ別の一番いいとこを見つけて、また人混みをかき分けて移動しちゃう。その繰り返し。父が一番いいとこに立つと、ほんとに花火が降るように大きくて、見上げるとドキドキして。父が歩き出すと、もっとドキドキして。だって、次が一番なんだもの。妹を連れた母は、いつもはぐれて、そのうち花火には来なくなって。でも、私は楽しくてしかたなかった。まあ……それも、もう時間切れ……」

「時間切れ？」

「お金を作るために危いことに手を出したみたい……」

草はどういうことかとたずねたが、今し方の話を消そうとするみたいに、彼女は手に持っていたクラッチバッグを振っただけで答えなかった。

「お騒がせしました。もう行きます」

最後の最後にジェイコブソンさんに直接お願いしちゃおうかな。佐々木の娘は茶目っ気たっぷりに言って、去った。

草は不思議な思いにとらわれた。彼女は佐々木と同じ目的で来たのに、力になってやりたかったような気がしていた。手のうちをさらした潔さに、拍手を送りたいくらいだった。

草が店に戻ると、ガラス戸の際に久実が立っていた。途中から立ち聞きしていたらしい。手には、佐々木の娘が手を付けなかった試飲のコーヒー、それから新聞を持っている。リフォーム詐欺の見出しが目立つ紙面が見える。弓削の記事が載っていた、何日か前の地元紙だった。

「また読んでたの？」

「いえ、あの人が置いていったみたいです」

「彼女が？」

ヤナギへ出かけるための下調べだったのだろうか。

「あの運転手、女に入れ込んでたわけじゃなかったんですね」

でもひどいな、娘さんにまであんな思いさせて、と続けて、久実はぶすっとする。ロールケーキを撮影した日にここへ来た時だって、と文句が続く。草は言った。

「泣いてたのよ」

「笑ってたじゃないですか」

二人の声が重なった。

「ち、違いますよ。笑ってたんですってば。こうしてヒーヒー」

久実は両手で顔を覆い、あの時の佐々木のまねをする。

「やることなすことだめな時って、情けないのを通り越して、笑っちゃうじゃないですか。だけど、そういうのでもなくて、なんだか不気味な感じで……」

笑っていた？　そんなはずは——草は必死であの日のことを思い起こす。

彼はうなじが見えるほど、うつむいていた。肩を小刻みに揺らし、指の隙間から見える顔面を耳まで真っ赤にして。こっちは、失業におびえ悲観的になるあまりに泣いていると思った。向こうも取り乱したと言って、目を拭っていたのに？

「泣いていると思って、しばらく一人にしてから熱いコーヒーを出したのよ。その気持ちは通じてたもの」

「ふりですよ、泣いたふり。何の話をしていたんです？」

答えられないまま、草はテーブルやカウンターに残っていた試飲用の器を下げる。客を迎え、働きながらも老いた頭をかき回す。思い出そうとすると記憶が逃げ出すようで、もどかしい。

驚いて顔を跳ね上げた佐々木が、思い浮かんだ。

ああ、そうだ。古谷敦が目的なら、ジェイコブソンさんが直接ヤナギへいらしたらいかがと言ったのだった。空き家を見せてほしいのなら本人がそう頼めばいい、何もうっかり轢きかけたことまで利用しなくても、と。

その話をすると、久実は首を傾げた。もう日が暮れている。

「うっかり轢きかけたことまで利用しなくても……それを聞いて、何が可笑しいんでしょ」

「さあ」

「意図的に轢こうとした？」

「そんな。何の得があるの。それに、あの時は面識がなかったのよ」

「ですよね。じゃあ……」

じき閉店時間だ。

客のいない店内を見回し、草は肩をもんだ。考えたくなくなっていた。ここにいもしないのに、また佐々木に大切な時間を奪われるようでならない。

「ごめんね。忘れよ。過ぎたことだから、もういいわ」

久実が、眉間に深い皺《しわ》を寄せる。

「よくありませんよ。あいつ、隠れて笑ってたってことですよ。ばかにしてますよ」

それでも、草は久実を労《ねぎら》って、話をやめた。

だが、店を閉めて一人になってからも、久実の言葉が頭から消えない。

佐々木に対してどの時も、自分は大真面目に付き合ってきたのだったが、相手のほうは違ったのだ。虚《むな》しかった。

夕食時も、入浴中も、気づくと佐々木について思いめぐらせていた。

彼は何を考えていたのだろうと、素朴に疑問に思った。

老婆を轢きかけた夜の、佐々木になってみる。ぼうっとしていたなどという、佐々木の当てにならない言は無視する。事実だけあればいい。

考えては立ち止まり、わからなくなると少し戻ってみる。あるいは最初から考え直す。くたびれたら、いったん放り出して休憩。クロスワードか、ジグソーパズルでもするようなものだ。そうするうちに、あれこれ思い出し、つながり、あの晩の佐々木が見えてきたのだった。

成功報酬は大きい。疎水沿いの狭い道。五十川電器の店内が明るくなるほどの角度でもって、ロールスロイスを走らせる。時速三十キロ程度。老婆がいる。あわててハンドルを切る。なぜブレーキを踏まない？　速度がゆっくりとはいえ、踏んでも間に合わず、老婆を建物との間でつぶしてしまうからだ。それほどヤナギに接近していた。

ああ、そうか――翌朝、草はヤナギの前に立って確信した。

建物を狙ったのだ。

二月、行き詰っていた佐々木は、半ば最後の手段で、店舗に車で突っ込む計画を立てた。それも、ロールスロイスで。ジェイコブソンの存在を隠す気など、毛頭なかった。何と言われてもいいと覚悟を決めたのだ。潤沢な資金があると見せつけての短期決戦に挑んだ。壁を壊せば、修理するのは当然。うまくいけば、事故を起こしたその場で目的のものが見つかるかもしれない。修理にかこつけて、ヤナギの内部も調査できる。しかし、その計画すら邪魔な老婆のせいで失敗。ところが、その老婆が小蔵屋の店主だとわかる。ここは紅雲町。使えるかもしれない。同情を買い、ヤナギとの間に立たせれば。そう思ったはずだ。ドリ坊は弾みで壊れ、ヤナギには改装の計画がある。意外なことに、当初はジェイコブソンと古谷敦とを結びつける人間は誰もいなかった。失敗が、またとない機会に変わる。しかし結果的に、いつもの悪い癖が出てしまったというところだろうか。

ゼンブバレタカトオモッタヨ、アー、アセッタゼ。あの時の佐々木が、小蔵屋の事務所でヒーヒー笑う。

ファミリーレストランの駐車場にまで出かけていった自分を、草は佐々木の目で眺めた。

「まさに鴨葱《かもねぎ》。利用されたのは、事故というより、私か」

あまりに滑稽《こっけい》で、笑ってしまう。

柳の下の石のベンチに腰を下ろすと、雀が数羽寄ってきて、元気のいいのがひしゃげた灯籠のてっぺんに止まり、草を見て首を傾げるような格好をする。

「大丈夫。こういうことには慣れてるの」

赤紙は、おめでとう。兵隊さんを送り出す時は、万歳。必ず勝つはずだったのに、敗戦。そのからくりをあとで知ったところで、戦死した兄、満足な治療を受けられずに病死した妹は帰らない。大真面目なすべての喜怒哀楽は、何をもってしても埋められない虚しさをもたらした。

あれから見れば、こんなことなんでもない。

灯籠の上をちょんちょんと飛び歩く雀に、草は心で語りかける。


「なんでもなくないです！」

久実のものすごい剣幕に、草は一瞬たじろいだ。

おいおい、と寺田が久実の腕をとってなだめる。だが、その手を久実は払いのけた。

狭いカウンター内に手前から久実、寺田といて、草は逃げ場もない。今朝気づいたことを二人に話さなければよかった、と後悔しても遅かった。

「最初だって、一つ間違えば轢き殺されてたんですよ！」

あと十九分で開店時間。カウンターを拭き、経営者の冷静さで時計を見たが、顔色の変わった久実を開店までに落ち着かせる自信はなかった。

「それを許して、いろいろ助けて、今になって最初から利用されてたとわかってまた許す？　ばかじゃないですか」

パンッ。寺田が、久実の頬を叩いた。

叩いたといっても、背後から両手を伸ばして勢いよく久実の顔を挟んだ程度。それでも平手打ち並みの衝撃が走り、一瞬、場が凍りついた。

「ちょっと、寺田さん！」

草は布巾を振って、寺田を制した。寺田は穏やかな表情で久実を見つめている。年上に対して失礼だと諌《いさ》めたのだ。だが、そんなことは百も承知で、久実は言ったのに決まっていた。それだけに、草は胸にこたえた。

久実は肩で息をして、一歩も引かない。

「怒ってくださいよ。怒りましょうよ」

前のめりになる久実を、今度は寺田が力ずくで引き戻そうとする。

「ひどい目に遭ったお草さんが怒らなかったら、私はどうすりゃいいんですか。腹が立って、腹が立ってしょうがない、この私は何なんですか！」

久実も力はあるが、寺田の比ではない。半ば羽交い絞めにされ、じりじりと後ろへ身体が持っていかれる。

「ちょっと頭を冷やしてこい」

突き飛ばすようにして、寺田が久実を表に放り出した。

運転でもしたら危ないと思った草は戸口まであとを追いかけたが、久実はエプロンをしたまま橋の方へ走っていってしまった。

「大丈夫かしら」

「大丈夫。元スキー選手だ。心身ともに鍛え方が違う」

草も内心そう思っていたので、コーヒーを淹れることにする。ペーパーを丁寧に折り、きちんと計ったコーヒー豆に点々と湯を置いて蒸らす。気持ちを整えるために手元に集中しようとするが、どうしても久実の顔がちらつく。

寺田はカウンターの真ん中の席に座って、何をするでもない。

「甘いのがいいな」

「そうね」

半球に近い丸みの湯呑みをあたため、スプーンに山盛り一杯のコーヒーシュガーを先に入れておく。熱いコーヒーを注ぐと、砕いた宝石のような砂糖がくるくると上へ下へとめぐり、溶け残りは底に沈む。最初はほんのり甘く、飲むにしたがって甘さは増し、最後はカラメル風味のとろりとした濃厚な一口が味わえる。コーヒーの香り、あたたかさ。そういったものすべてが、草の心をときほぐしてくれる。

草は、見込みにへばりついているコーヒーシュガーを見つめた。

久実のほうが人間としてまともなのだと、反省した。

自分が錆だらけに思えてくる。慣れ、あきらめ、どうせという投げやりな気持ち。そういった錆に覆い尽くされ、無反応になってゆくのを想像して、恐ろしくなった。何をされても黙っているなんて、どんな目に遭ってもかまわないと言っているようなものだ。

「情けないわね。もう怒る元気もありゃしない」

寺田はカウンターに湯呑みを置いた。やがて、くっくと笑い出し、そんなことないったら、と言った。

「ひどい目に遭ったのが久実ちゃんだったら、お草さんどうする？」

考えてみた途端、佐々木に詰めよる自分が見えて、草は噴き出してしまった。寺田も、さらに笑う。

「そういうことさ」

「やあねえ」

笑いすぎて、涙が浮かぶ。草は目じりを皺だらけの指で拭いながら、自分の中にわずかながら残されている、ぴかぴかの部分を確かめる。

「お願い、教えてちょうだい」

草は首の紐を手繰って、懐から老眼鏡と携帯電話を取り出した。久実にメールを送りたいと言う草に、寺田は本気かいという顔はしたが、やめておけとは言わない。

「パソコンなら一応できるんだけれど、ケータイは難しいわねえ」

「か」と打ちたいのにどうして「2」のボタンを押し、「え」はなぜ「1」のボタンを四回押すと出てくるのか。納得がいかないけれども、寺田が教えてくれるとおりにやってゆくと、打ちたい七文字が画面に並んだ。

「数字の横に小さなひらがながあるだろ。これで、か行とか、あ行とか簡単にわかるわけ」

こんな字は、年寄りには見えやしないわよ——心の中で文句を言って、でもまた新しいことを一つ覚える。きっとすぐ忘れるけど、それでもかまわない。

「漢字にしたい」

「はいはい、変換ね」

入力が済んで送信のボタンに指をかけた時、開店前にすみません、と聞き覚えのある声がして、ガラス戸が開いた。

弓削が立っている。

細身の身体が一段と痩せてしまったようだったが、元気そうではある。上着から覗く水色のシャツブラウスが、笑顔を一段と晴れやかに見せていた。

「いらっしゃい。コーヒーどうぞ」

「いえ、今日はご報告に寄っただけですから」

弓削はカウンターに近づいてきたが、立ったままでいる。

「ご心配おかけしました。病院のほうは目途《めど》が立ちまして」

寺田は素知らぬ顔で聞いている。病院の設計の失敗については知っていた。

「よかった。改修はこれから？」

うなずいた弓削は、寺田を気にしていた。身内みたいな人で口は堅いから平気、と草は寺田を紹介する。弓削は寺田に会釈してから、話を続けた。

「資金面は、ジェイコブソン氏に助けていただいて」

草は耳を疑った。寺田も驚き、草と弓削の顔を見比べている。

思わず指に力が入り、草は送信ボタンを押していた。

《帰っておいで》

見えない手紙が空を飛び、瞬く間に、久実の手元に届く。

文字を入力しながら思い描いた、そのおとぎ話のような光景を、草はもう見ていなかった。メールも気持ちがこもっているのだと実感したことも忘れ、ただ、ただ、ここに久実がいたならどんなことになっていただろうと考えていた。

第五話　糸切り

カーテンを開けておくと、外がまぶしい。

四月も半ば、太陽の角度はずいぶん高くなり、室内はそのぶん暗くなった。ソファまで広がっていた、冬場の陽だまりが恋しいくらいだ。

草は定休日で、十時頃から由紀乃の家にいる。二杯目の緑茶を持って窓辺に移った。板張りの床に座り、掃き出し窓の方に足を投げ出すと、やっと日向に届く。足袋《たび》を熱くする日差し、あるいは庭の緑の輝きに、初夏の気配を見出して、何やらほっとした気分になった。

ソファにいる由紀乃は、不自由なために血行が悪くなりがちな左半身をさすっている。

「それで、すぐ帰ってきたの？」

草はうなずいた。さきほどから、久実が小蔵屋から放り出された日の話が続いている。佐々木が最初から草を利用していたらしいことに、久実は憤り、怒る気もない草に対して意見した。寺田は見かねて間に入り、久実に頭を冷やす時間を作ってやったのだった。

それでも、三人は互いの気持ちがよくわかっていた。久実は開店時間に少し遅れて戻り、寺田は彼女の肩をポンと一つ叩いた。草はといえば、携帯電話を持って腕を突き出し、時代劇の水戸黄門の印籠よろしく示して笑いを誘った。久実は、携帯電話を胸に抱くようにして握りしめていた。草がやっと打った、帰っておいでという短いメールは、心に届いたらしかった。

「久実ちゃんが謝って一件落着だったわけね」

「ううん。私は謝りません、だって」

由紀乃が身体をさするのをやめ、丸眼鏡の奥の目を大きくする。

「あの久実ちゃんが？」

草はくすくす笑い、そうなの、と返事をする。

実を言えば、あの時の久実を思ってじんとしていた。久実は真剣だった。赤の他人なのに、まるで二人の間に境などないみたいに。

「当然よ。久実ちゃんは間違ってないもの」

「そうなると、本当によかったわね。弓削さんと鉢合わせしないで済んで」

あの時、久しぶりに寄った弓削は、久実が戻ってくる前に出ていった。

設計の失敗で病院の改修を迫られたものの、休診期間の営業補償までは工面できず、ジェイコブソンから好条件の融資を受けたと報告していった。ロサンゼルス在住の知人が間に入り、話はまとまったという。以前千景から聞いた話では、弓削のようにアメリカでも仕事をする者の間では、ジェイコブソンは親日家として知られているらしい。今回、弓削はヤナギの改装も手がけていると自ら話したそうだ。ああそうですか、とジェイコブソンがそれを聞き流すはずがない。ヤナギの壁の中にあると言われる、古谷敦の陶片を長年捜しているのだから。その辺に含みを持たせた言い方を、弓削もしていた。

あの場に久実がいたら、どんなことになっていたかわからない。

「一応、弓削さんのしていった報告は、久実ちゃんにも話したのよ」

「久実ちゃんはなんて?」

「ため息ついてね、何か言い出すと止まらなくなりそうだからやめておきます、だって」

由紀乃はうなずき、黙って緑茶を啜る。

弓削のとった行動については、草も何も言いたくなかった。捉え方によっては、弓削がヤナギを利用して取引したようでもある。遠い人になってしまったという感は否めなかった。他人でさえそうなのだから、実母である千景はもっと複雑な思いを抱くのではないだろうか。

鶯が鳴き、庭には白い蝶が飛んでいる。

しばらくして、由紀乃がテーブル脇の二つの古い菓子箱を示した。小蔵屋のコーヒーの詰め合わせと一緒に、発送してほしいと頼んでくる。

菓子箱の蓋にはそれぞれ、息子と娘の名前が書いてある。彼らの子供時代の文集や絵、旅行先からの便りなど、由紀乃がこれはと思うものだけ手元に置いてあったのだが、思い立って本人たちに送ることにしたのだった。

「こういうのを自分の家族と見るのも楽しいでしょう」

「そうね。でも送ってしまっていいの？」

「もういいの」

由紀乃は目を細め、杜夫が臨海学校から送った葉書をそらんじる。

「お母さん、お元気ですか。ぼくも元気です。まっ黒です。あとは帰ったら話します。だって、このハガキよりぼくのほうが早くうちにつくから。待っててね。杜夫より」

草も、その便りは思い出せる。

官製葉書から飛びだしそうに元気いっぱいの文字と、船上で釣りをする人の姿が、太い鉛筆で描いてあった。菅笠《すげがさ》は三角、人はたまご形、小船は先のとがった長四角、釣竿と糸は棒二本という単純な絵は、おでんと散らばった箸にも見えて、笑いを誘った。作文も絵も苦手な杜夫が、鉛筆を握ってから投函するまでわずか五分だったと自慢した傑作だ。

「伊豆からだったわね」

「いかにもあの子よね。横着というのか、何というのか」

「今では部下を叱ったりするんでしょうね」

由紀乃が、うふふ、と笑う。

「いつから一人前になったのかしら、あの子」

葉書が黄ばんでゆく何十年の間、親友のこの幸せそうな表情を、草は幾度《いくど》となく見てきた。頼まれごとは来てすぐ聞いたからこれが二度目だったけれど、気づかなかったことにして、楽しげに鳴き続ける鶯を庭に探す。


眼鏡の中年女性がカウンターにいる。横にぴんと張った糸の両端を持ち、片手のみ自分の方へ慎重に引いた。

だが、実際には糸は持っていない。「糸切り」の格好をして見せたのだ。

糸切りとは、成形したまだやわらかな器を、糸でもって、ろくろから切り離すこと。ろくろをゆっくり回して、器の向こうから撚糸《ねんし》を当て、右手を自分の方へ引く。そんな様子を、友人に説明しているのだった。彼女は、丘陵の陶芸教室に通っている。

「できたー、って思わず万歳したら、まだまだ、って先生に笑われちゃった」

彼女は肩をすくませ、友人はニッと笑う。

「気持ちはわかる。でも、そのあとに絵付けとか、窯で焼くとかするんでしょ」

「そういうこと。だけど、いっちょまえの形になったら、うれしくって」

「万歳も出ちゃうと」

「うん。最初なんか、形にならないの。どうやってもだめ。何回も途中で崩して、初めからやり直し。そうするうちに、土やろくろに身体が慣れてくるわけよ。距離が縮まる感じっていうのかな。でね、ある時、形ができたの。私じゃなくて、土が目覚めて育ってくみたいに、むくむくっと。それまでと何が違ってたか、わかる？」

友人は、さあ、と言って、首を横に振る。

「見てたの。作りたい形を、心と手が」

「心と手が？」

「そうなの。頭っていうより、ここんとこ」

眼鏡の彼女は、胸の真ん中を拳《こぶし》でとんとんと叩いた。

「でね、手も見てるの。こう、ちょっと輪郭がぼやけた感じの、その形を」

眼鏡の彼女は、目の前に両手を広げた。その時に見えた器――浅鉢か茶碗だろうか――が、彼女の手の中にあるみたいに映る。覗き込んだ友人は腕組みをして、大げさにうなずいた。

「なんだかゲージュツカみたい」

芸術家はカタカナの響きだ。眼鏡の彼女は、小さくお手上げの仕草をした。

「陶芸に、はまっちゃったわ」

おしゃべりからすると、二人とも結婚しており、子育てに追われる毎日らしい。でも、今の表情は学生みたいに若々しい。

金曜の小蔵屋は、わりに混む。

土日祝日ほどではないが、週末のためにコーヒー豆を求める女性客が多いからだ。

今回数量限定で企画した、香りの華やかな豆の小さな詰め合わせが、面白いように売れてゆく。香料を添加したものではなく、二種類の豆がそれぞれ柑橘《かんきつ》系とジャスミンふうの香りを持っているのだった。

草はあえて、その商品の試飲を準備しなかった。

豆の入荷量が少ないことも一因だが、販売促進のためでもある。リボンをあしらった色鮮やかな包みが山となって目を引き、店内には定番のコーヒーの香りが満ちている。どんなものか一度味わってみたいと思ってくれたなら、きっと数量限定商品に手を伸ばしてもらえる。そう考えた。

売れた。期待以上だった。閉店時には土日の分が足りなくなり、その用意のため残業になってしまった。

もっとも、久しぶりの大きな手ごたえに、草は疲れなど吹き飛んでいた。久実もそのようで、足りなくなったリボンを買いに走ったついでに、デパートの地下で春の行楽弁当を買ってきてくれた。豪華な上に、閉店間際で半額だったというから、またうれしい。

「たまには、私から。いつもごちそうになってばっかりなので」

「じゃ、遠慮なくいただきます。この詰め合わせを売り切ったら、金一封出そうかね」

「ほんとですか。やった！」

行楽弁当は舟形と箱型があって、草は舟形を選んだ。

鰻の櫃《ひつ》まぶしふうになっているごはんを取り分けると、鳥の唐揚げが返ってくる。食感が釈然としないと久実が言うぎゅうひの菓子は草が食べ、かわりに舳《へさき》の方にあった焼き目のついた牛肉やアスパラを差し向ける。うれしいことも、しゃくにさわることも、分かちあえる若い人がいる。そのありがたみが、あらためて腹の底に沁みた。これからの人の何らかの足しに、自分がなっている。そんな気にもなる。もしまた佐々木に会ったなら、言うべきことを言っておこう。嫌な目に遭ったのは自分だけのこと。そう決めつけるのは、きっと傲慢なのだ。

その夜、紅雲町にサイレンが鳴り響いた。救急車が近場に停まり、すぐそこの橋を渡って、総合病院がある市街地方面に向かったのを、草は布団の中で聞いた。

運ばれたのは、水上手芸店の幹子だった。急に胸を苦しがって一時は危なかったが、容体は安定し、入院となった。それを草は翌々日の朝、小蔵屋を訪ねた千景から知らされた。

「名前と年齢も自分で答えましてね。九十一よ、女性に年齢を訊くの？　なんて言って、お医者さんを笑わせて」

「落ち着いてよかったわ」

まだ朝の八時前だ。

千景は引戸のガラスを拭いている。訪れて二、三言葉を交わすうちに、雑巾を奪うようにして手伝い出したのだった。やんわり断ってもやめないので、草は好評の数量限定商品を積み上げている。表に置いてあるバケツの水がまぶしい。

「入院も半分ありがたくて」

手足の長い痩身をめいっぱい使い、千景は曇り一つなくガラスを磨きあげてゆく。右に乾いた麻の、左に硬く絞ったタオルの雑巾を持って。わずかな間に、草のやり方を見てまねていた。

「わかるわ。病院でみてくれていると思うと、安心して眠れるでしょう」

「ええ。でも、家が広くてかないません。あんなに狭いのに」

今日は日曜で、小蔵屋は混む。行くなら開店前と、千景は考えたらしかった。平日まで待てなかった心細さのようなものが伝わってくる。老いた当人も大変だが、看《み》る側も生身の人間で、できることには限界がある。

お互いに心身を休めてまた家で暮らせたら、と千景は明るい表情で言う。

佐々木の娘が訪ねてきた話になった。彼女が言っていたとおりだった。手の内を明かされ、ジェイコブソンに協力してほしいとあらためて頼まれても、千景は断った。当の佐々木は、ぱったりヤナギにも姿を見せなくなったらしい。

千景から弓削の話が出たのは、掃除が終わる頃だった。開店にはまだ一時間近くある。昨夜も残業だったので、久実は遅めに出勤する予定だ。

草はじっくり話を聞くつもりで、コーヒーを淹れた。

二人は先日、五十川と工藤が同席した打ち合わせで言い争ったそうだ。

千景によれば、弓削はこう主張した。自分はジェイコブソン氏から融資を受けることになった。代理人を通じたその話し合いがきっかけで、ヤナギは氏の援助を、百万でも一千万円でも受けたらいいと思うようになった。研究に協力して資金を得たなら、氏は氏の、ヤナギはヤナギの目的が果たせるのではないか。

だが、千景は一歩も譲らなかった。これは芸術や改装の問題ではない。姑幹子との約束、家族の問題なのだ。幹子が嫌がることはできない。そう言い返した。

すると、弓削は何を思ったのか、小首を傾げて冷笑したらしい。

「寝たきりでも大事な家族なのよ、って。腹が立って、思わずきつく言ってしまいましてね。あの弓削さん相手に」

娘を相手に。そう聞こえる。

実の親子であることを知っていると伝えるべきかとも、草は思った。でもそれでは、そっと打ち明けてくれた弓削にすまない。

「壁の絵はその場に保存したいと希望しましたから、プランはもう図面になっているんです。費用は余計にかかりますけど、うちで工面します。なのに、なぜ弓削さんは、そこにジェイコブソンさんを持ち出すのか。あれがなければ、もう何の問題もないのに」

「弓削さんは言ったんですよね。ジェイコブソンさんからの融資は決まったと」

「はい」

「となると、古谷研究への協力を取り付けることが融資の条件、というわけでもない」

「できる限り努力してみます、という程度の話をしたのかと」

それでも千景にすれば、実の娘か、姑か、どちらか選べと迫られたような話で、なんだか気の毒だった。

高台《こうだい》の低い古い茶碗をボウルがわりにしてカフェ・オ・レを出し、ナッツや干した果物がぎっしり詰まった四角い焼き菓子を、薄く切って数枚を添える。焼き菓子は二十秒ばかり電子レンジにかけたから、ほんのりあたたかく、干し葡萄《ぶどう》や杏《あんず》の甘酸っぱい香りを放っている。草には開店前のおやつ、千景には朝食となるのだった。

「ヤナギを残してやりたかっただけなのに」

茶碗に両手で触れ、千景はつぶやいた。草の投げた視線には気付かない。

遠く離れていても、娘を見守ってきた彼女だ。壁にぶつかった弓削を偶然を装って呼び寄せ、共にヤナギの改装に取り組み、建物と思い出を残そうとした。そんな愛情が、つぶやきに集約されていた。

「どうぞ。冷めないうちに」

こんな時はともかく食べるのだという気持ちを込めて、草は勧める。腹がくちくなって、栄養が身体に回れば、好転する機会を待つ気力も生まれる。

千景がカフェ・オ・レを飲んで焼き菓子を口に運ぶのを見て、草も食べ始めた。

どうも弓削の真意がわからない。なぜ、こんなやり方で千景を悩ませるのか。

あら、と千景が気分を切りかえる声を発した。

「ずっしりしてますね、このお菓子」

「小蔵屋とおんなじ。どっしりしてるの」

焼き菓子の残りを預けると、千景の手がその重さに驚いて、ふっと下がった。二人して声を立てて笑う。

面会時間外だがこれから病院に行くという彼女を店前まで送ってゆくと、車の後部座席には大きな紙袋の他に、緑がかった格子柄のボストンバッグが置いてあった。

「大荷物で。これは、義母が十年以上前から用意していたバッグなんです」

死んだら開けてと頼まれており、見える場所にないとたまに不安がるので病院に持ってゆくのだと、千景は言った。エンジンをかけ、窓を開ける。

草も弁護士を頼るなど形こそ違うが、いろいろと準備し、定期的にその内容を確かめている。年齢なりのぼけがありながらも、あとのことを気にかける幹子の姿勢は身につまされる。

「おかしいけれど、中身を見たことは何回もあって。義母が詰め直すのを手伝うものですから。でも、義母は忘れてしまうみたいで」

アドレス帳、ノートが何冊か、手紙の類、一ページに一枚ずつの薄いアルバム、子供の文集、数冊の本、ふくらんだ袋物が幾つか。そういったものだったそうだ。

「文集は小学校のなんです。表紙がかたつむりの親子の絵の。それを見た時、夫はいつも義母と一緒なんだわ、と思いましてね。バッグは病室に置けば、お守りがわりになるような気がして。変ですね」

「変じゃないわ、全然」

発進した車に、いってらっしゃい、と草は声をかけた。


月曜、草は仕事を終えてから、見舞いを持ってヤナギへ出かけた。病室に出向いても幹子一人かもしれないから、千景に渡したほうがよいだろうと思った。

ところが、水上手芸店は真っ暗だった。七時半近いのに、まだ病院なのだろうか。隣に預けようと五十川電器にも寄ったが、明かりは見えるものの戸が開かない。ついでにクドウを覗くと、北欧風の簡素なテーブルに図面を置き、工藤と五十川が向かいあっていた。

果物のゼリー、レトルトの具だくさんのスープが入った紙袋を預かった五十川は、こりゃ千景さんにもいいや、と言ってから代わりに礼を述べ、工藤も頭を下げる。

二人に勧められ、草もテーブルについて、図面を見ることになった。工藤の友人である若い鞄職人がヤナギに入る決心を固めたことを、カツサンドとリンゴと紅茶の夕食をともにしながら聞いた。

「いろいろお騒がせしましたけど、もとの鞘《さや》へ収まったといいますか」

「もう一人若い人が増えて、ヤナギも活気が出るわね」

「どうなることやら」

五十川はそう言いながらも、まんざらでもない顔つきだ。

図面は、壁の絵を保存する以外、前と変わったようには見えない。二階建てが五軒連なる長屋式店舗は、向こうから水上手芸店、五十川電器、入居者未定の店舗、鞄屋、クドウとなる。家具修理や在庫のための場所を鞄屋で融通してもらう工藤は、応分の家賃を負担するという。絵は、真ん中の空き店舗の二階にあるので、そこは土壁を修復して通気性を確保しながらアクリル板などで保護する。つまり、作り付けの額縁ふうにするらしい。

「絵は好みがあるから、入居者が限られないかしら」

男二人は揃って首を横にふり、工藤が説明した。

「引戸があって、閉じると壁みたいになって隠せるんです。ほら、ここ」

老眼鏡をかけている草は、さらに目を細め、図面上の引戸を見て取った。

「あら、いいわ。工夫したのねえ。どんなお店が入るか楽しみ」

すると、二人が交互に言う。もう候補はあるんだ。ヨガ教室なんですよ。住むこた住むけど、週三日ここでヨガを教えるだけなんだとさ。彼女も僕の知り合いでして。ややっこしいんだ。いえ、ややっこしくなくて、週の三日は出張レッスンで店舗を空けるから、誰かに貸してもいいかって話で。だから、常識的に又貸しはできないんだよ。はあ、わかってますって、だから相談なんじゃないですか。

「又貸しじゃなくて、空く時間は有償で貸して、収益をアップすると思えばどうですか。

大家と店子《たなこ》の取り分を五五とか、六四にするとかして」

草は、千景の立場に立って口を挟む。

「管理と責任の問題があるもの。今日は何時から何時まで、どこの誰が何をして、どんなお客さんが来るのか。入居者がきちんと管理すると約束しても、何かしら起こるものでしょう。人間がすることだから。そんな契約を千景さんが引き受けるかどうか」

「火の不始末でもありゃ、五軒もろともだからな。千景さんは、うんとは言わねえな」

「そうかなあ」

建物の形は決まっていても、ジェイコブソンのこと、店子のことなど次々考える必要が出てくる。草は、壁のどこかに埋め込まれたはずの陶片を思い、しかし黙っていた。ジェイコブソンの意向をよく知った弓削も、やはり気にかけていることだろう。陶片は、いずれ改装のついでに見つけ出されるはず。これ以上、ヤナギの住人を騒がせるまでもない。

そんなことより、生身の人間のほうが問題だ。

「本人から聞いたんだけれど、千景さんは弓削さんとちょっと言い争ったそうね」

五十川は、工藤と目を見交わし、うなずく。

「弓削さんは変わったな。話が建物以外のほうへずれていくっていうのか。ジャコ、ジャコってさ」

「ジャコじゃなくて、ジェイコブソンですって」

弓削さんも今大変なんですよ、と続けて、工藤が背中を丸める。

「融資を受けるってことは、それなりに気を遣わなければならないわけで」

「気を遣うのは勝手だが、ヤナギを使っちゃまずいだろ」

「はあ。それはそうですけど……」

以前は弓削に全幅の信頼を置いていた様子だった工藤が、言いよどむ。

ノックの音がして、ガラガラと戸が開いた。

弓削が入ってきたので、三人とも言葉が出なかった。彼女は一枚ものの書類を配り、残りを千景、入居予定の鞄職人、ヤナギの客に渡すよう工藤に頼んだ。書類は、ヤナギに関するアンケートだった。

「ご記入、よろしくお願いします。近いうちに、また伺いますので。それじゃ」

弓削は終始にこやか。三十秒ほどで出ていった。全員がアンケート用紙を持ったまま、黙って視線を投げ合う。向こう端にある駐車場でエンジンがかかり、車が静かに出ていく。波打つ長い髪と穏やかな横顔が、草の目の奥に焼きついていた。

彼女が話を聞いてしまったのはわかりきっており、それをわざわざ口に出して確かめる者はいなかった。

「まずくないですか？」

工藤は五十川を見た。だが、五十川は本当のことを言ったまでだとばかりに取り合わず、アンケート用紙を読んでいる。

「一、ヤナギのどこが好きですか。二、ヤナギがあって助かった経験を教えてください。三、あなたはヤナギに対して何ができますか、だってよ。なんだ、こりゃ」

アンケートは無記名式で、質問は三つだけ。とても大きな文字だから、草のような年寄りでも裸眼で読める。答えの欄として、太めの点線で三十字くらいの升目が切ってある。五十川が読んでいる間に答えが浮かんだほど、草にとっては簡単な質問だった。

持っているアンケート用紙が、ひらひらした。

ガラス戸が少しばかり開いており、夜風が吹き込む。弓削が閉めきらなかったらしい。柳の枝が幹に擦れる音と、せせらぎが聞こえる。少し寒いが、新鮮な空気が入ってくる。

「気持ちいいくらい」

ガラスには、古家具に囲まれた一見無関係そうな三人の姿——山登りふうの格好をしたおしゃれな若者、厳つい顔をした作業着の男、着物姿の老婆——が映っている。

誰も話さないので、車が駐車場に入ったのが聞こえた。勢いよく車のドアを閉める音が続く。

千景かと思って草は二人の顔を見たが、工務店だよ、と五十川が答える。

「ここ幾日か、こんな時間になると来るんだ。来週から工事が本格的になるから。他の現場の帰りなんだろうな。ご苦労なことだ」

帰りに草が表から覗くと、辰川屋だった空き家に明かりがともり、シートの向こうから、カッ、カッ、という硬い音が短く繰り返し響いた。歩きだしてもまだその音はしていたが、角を曲がる頃には聞こえなくなった。

入荷したばかりの豆で、贈答用の包みを二つ用意する。

老眼鏡をかけ、由紀乃から預かった古い菓子箱の「杜夫」と書かれたほうの中身を確かめる。例の葉書があり、小学校の文集の目次に杜夫の名もある。念のため、長女の箱も見てみたが、二人のものが間違って混ざったりはしていなかった。先に杜夫と決め、送り状を張りつけた段ボール箱に、コーヒー豆の詰め合わせと菓子箱を入れて閉じてしまう。

年を重ねるとともに、単純な間違いが増える。それを自覚している草は普段から、こういう作業を努めて丁寧にしている。

「でーんでーん、むーしむーし」

昼休み。事務所に一人でいると歌も出る。事務机の隅には、金箔を散らした小ぶりの祝儀袋がある。久実に渡す金一封だ。香りに特徴がある数量限定商品は、昨日の月曜をもって完売した。

事務机に置いてあった携帯電話が鳴った。千景から見舞いの礼だった。幹子も容体が安定しており、もう少し様子を見たら退院の運びだそうだ。よかったわね、と返すと、小蔵屋でも何かいいことがあったのかと訊かれ、草は返事に詰まった。

「え？」

「歌が」

思わず口元を抑えた。歌をやめないうちに、電話に出てしまったらしかった。恥ずかしくなって口ごもると、千景がアンケートの礼を付け加える。草は、あの場で書いてクドウに置いてきたのだった。

「すみませんけど、お願いがありまして」

「なあに？」

「今度アンケートをもとに打ち合わせをするんです。出席していただけませんか」

「私が？」

なんで部外者の私が、という意味に充分聞こえたらしく、少し間ができた。

「このアンケート、どう思います？」

「不思議な感じね。五十川さんも言ってたけれど、弓削さんは建物以外のところに焦点を当てている感じがするわ。もう図面はできてるんでしょう？」

そうなんです、と答えた千景はまた間を置いた。

「私、思うんです。きっとジェイコブソンさんも答えているんじゃないかと」

ありそうなことだった。

ジェイコブソンに代わって、答えを思い浮かべてみることも難しくない。ヤナギのどこが好きかと問われれば、古谷敦の作品が眠っている点だと書くだろう。ヤナギがあって助かった経験は、研究対象を保存していてくれたことだ。そんなヤナギのためにできることは、作品の調査、買い取り、改装への援助である。

だが、草は相槌を打つだけにして、先を促した。

「そうだとしたら、次の打ち合わせは、ジェイコブソンさんのために過ぎませんでしょ。このままでは、弓削さんはみんなにあきれられながら、まだジェイコブソンさんのために無駄な努力をすることになると思いましてね」

「あきれられながら……」

「見ていられません。融資を受けなかったら、弓削さんはこんなことを言い出さなかったと思います。だから、こういったことはもう終わりにしないと」

千景の口調が熱を帯びていた。

「別に、うちがジェイコブソンさんに協力しなくたって、融資を撤回するわけでもないようですし。努力のあとがあれば、よいのでしょう？　今後アメリカで仕事するとしても」

千景は一人でも多く味方がほしいらしい。それも、娘を守るための。

草は出席すると返事をしてしまった。断るより、はるかに簡単だったからだ。
一、柳。水音。道に落ちる明かり。年寄りに馴染みの商品が多いところ。
二、スタンドの電球がヤナギにもなくて、あきらめがついた。
三、客でいること。

小蔵屋が定休日の木曜午後四時、ヤナギを訪ねてみると、アンケートの自分の答えがクドウのあちこちに貼ってあった。

答えは、その部分だけ切り取られて短冊のようになり、三方の壁に分類されている。入って正面に一、右に二、左に三というふうに。およそ二十名分。古家具が邪魔になるほどの量はない。一については、ほとんど似たり寄ったりだ。あとの二問について、家賃が安く相談にのってもらえて開業しやすかった、若い客を呼び込む、と書いたのは工藤だろうし、刺繍に出会ったこと、刺繍の楽しさや奥深さを教えたい、と答えたのは千景だろう。領収書で見かける、五十川の角ばった癖字はどこにもない。こんなもの書けるかと一蹴したというところか。千景が言ったように、ジェイコブソンの回答もあった。ファックスで送られた直筆らしき横文字に、日本語訳が手書きで添えてあるから、すぐそれと分かる。内容も思ったとおりだった。

病院から帰った千景が最後に飛び込んできて、五人全員がそろった。テーブルの奥の席に弓削がおり、時計回りに、五十川、工藤、千景、草と座って落ち着く。草が前を向くと、「スタンドの電球がヤナギにもなくて、あきらめがついた。」が五十川の頭の上に見えた。

では始めたいと思います、と弓削が言ったが、誰からも相槌はなく、草も弓削に目を向けるだけになってしまった。

草が入って挨拶した時から、ぎこちない空気が漂っていた。

今も五十川はかったるそうで、千景は表情が硬く、工藤は困惑気味。弓削はその中にいて、ゆったりと構えているように映る。草へのまなざしも、まっすぐだった。

「本日はお忙しいところ――」

「こりゃ、何なんだい」

弓削の言葉を、五十川がぶっつりと遮った。

「アメリカの富豪に気を遣ってるなら、これで終わりでもいいんじゃないのかね。やるだけやりましたって報告したら、あちらさんも満足するだろうから。幹子さんの意思は曲げられない。何回、何を言われたって、それが千景さんの答えなんだ」

千景にとっては願ってもない、単刀直入な意見のはずだった。

でも、彼女はありがたそうではなかった。それどころか、そんな言い方ってないじゃないの、という表情で、五十川を見返している。

弓削は弓削で、五十川に対してうなずいたのにもかかわらず、

「お集まりいただき、ありがとうございます。さて、アンケートの結果をご覧ください」

と続け、完全に無視しているようでもあった。

五十川は、銀縁眼鏡の奥の目を吊り上げた。もともと堅気に見えない厳つい顔だ。危ないと思ったのか、工藤が腰を浮かせる。

弓削は壁を手で示しつつ、話し続ける。

「私の後ろには、ヤナギの宝。五十川さんの後ろには、人の心を動かすサービスのヒント。お草さんの後ろには、今後期待できるもの。一目瞭然です」

五十川が立ち上がった。

「聞いてるのか！」

すかさず、弓削も立ち上がる。二人はテーブルの角を挟んで対峙したが、弓削のほうが落ち着いている。分が悪くなった五十川は、工藤に袖を引かれて再び座り込んだ。しかし、弓削から依然目を離さない。

草は用意されていた紅茶を啜った。部外者然として。全員が草を見た。張りつめたものが、一瞬のうちに緩む。今日ここに来た意味を、草自身、初めて知ったような気がした。

咳払いをした弓削は、チェストまで往復して、ヤナギの建築模型を運んできた。

「想像以上でした。柳と辰川、それからここの明かりは、大切だったんですね」

言うと同時に、模型の一部をつかんでむしり取ってしまった。それは、景色を遮るので草が気に入らなかった、ガラス戸前の衝立のようなものだった。

「これは撤去しましょう。いかがですか」

弓削はにこやかに——アンケートを配っていった夜のように——、みんなの顔を見回した。それだけに、五十川すら黙らせる、ある種の迫力があった。草は部外者ながらうなずき、続いて、千景と工藤もうなずく。

「では、決まりですね」

建築家が、ほぼ固まっていた設計を、今さら素人の意見を吸い上げて変更した。振り出しに戻って考えてみましょうと、宣言したようなものだ。

「もう一つ、想像以上のことがありました。古谷敦という言葉がどこにもない。もちろんジェイコブソン氏の回答を除いて、ですが」

弓削は椅子に戻り、全員と同じ目線の高さに落ち着いた。

「古谷さんの存在は、ここで暮らす方々にとって重要ではないようですね」

千景は何か言いかけたが、弓削は口を挟ませない。

「千景さんが、ご家族の意思を尊重されるお気持ちはわかります。でも、三十年後、五十年後はどうされますか」

ごくり。千景が唾を呑み込む音が、隣にいる草にも聞こえた。

仮にここを、千景が弓削に相続させたとする。弓削ならば、何とか幹子や千景の意にそう管理をするかもしれない。それでも、五十年後にはどうなっているかわからなかった。

「ジェイコブソン氏は、この春、美術館を設立されました」

弓削が傍らのノートパソコンを操作し、みんなの方に画面を向けた。

「これです」

堅牢で現代的な四角い建物が、小高い場所に堂々と建っていた。画面が変わり、美術館内外の様子が次々現れる。この街にある県立美術館並みに大規模だ。ジェイコブソンの尋常でない思い入れが、画面からでも伝わってくる。

「氏は自分の死後も、コレクションが守られ、活用されることを真剣に望み、その手立てを具体化しました。なぜか、おわかりですか」

弓削の視線は、千景一人に向けられている。千景は不快をあらわにした。

「美術品が大事だからでしょう、何よりも」

ジェイコブソンのために働く娘を一刻も早く黙らせたい、と思っているのだろうか。それを思うと、草はいたたまれなかった。

「愛しているんです」

とげとげしい答えを、ふんわり包み込む優しい声音だった。

「美術品を、刺繍のように。芸術家を、刺繍の手ほどきしてくれた幹子さんのように。それらに出会って得られた豊かな時まで含めて、愛しているんです。だから、後世の人にも分け与えたくなる。知ってほしくなる。私財の大半を投じてでも」

ばかげてる、と五十川が吐き捨てるように言った。そうでしょうか、と弓削は反論した。それは持てる者に対する偏見だと思います。ヤナギを大切にする千景さんと同じことをしているだけでしょう、と。

草はといえば、ジェイコブソンの思いに胸を打たれていた。それを代弁する弓削の仕事ぶりにも。建築家の領域がどこまでなのか、わからなくなった。用途にあった丈夫で美しい建物を造る。時には、既成概念を打ち破るような空間を生み出したり、街や風景までデザインしたりする。そういった範疇《はんちゅう》に、弓削の仕事は当然含まれているけれど、もっと説明のつかない何かがあった。

千景も、思いがけない話に心が動いた様子だ。

しかし、それに抗《あらが》うかのように弓削をにらみつけ、ジェイコブソンさんのお話はもう結構、と言い放った。

「考えを変えるつもりはありません。絵はここに残すと決めたんです」

「ですから、いつまで？」

やんわりと弓削が訊く。千景は口をぱくぱくしてから、ようやく言った。

「私が生きている限り」

弓削は余裕の笑みを浮かべる。

「では、そのあとジェイコブソン氏の美術館に収蔵してもらいたいという提案を、こちらからしてみましょう。応じてもらえるなら、絵の保存がさらに重要になってくる、だから改装費用の援助を受けてもいいと」

「そんな、ずうずうしいこと……」

「いいんです。別に、こちらがもてあましている不良品を売りつけるわけじゃありません」

ひるんだ千景に、弓削は大きな笑みを投げかけた。

「個人的な思い入れを引っ込めたら、全体が好ましくなる。ずうずうしい提案が、この上なく喜ばしい結果に結びつく。そんなこともありますから、恐れずにやってみませんか」

千景は自分の無力をなげくみたいに、深いため息をついて首を左右に振った。こうしようと前もって考えてあった方向から、ますます話がずれてゆくことに対してだろうか。

五十川は、千景を気の毒そうに見やった。彼女の本心は知らないはずだ。でも、五十川なりに同情しているのだろう。考えていた範囲の先の先、死んだあとの話までされ、降参だと顔に書いてある。

「何したがってるんだ、弓削さん、あんたは」

ぼそっと言った。なんだか敗北宣言のように響き、少々可笑しい。草は、工藤と顔を見合わせた。弓削は自分の中に答えを見出そうとするかのように、黙り込んでいる。やがて顔を上げた。

「病院建設では大変な失敗をしましたので」

平らかな一言に、聞く側のほうが神妙になってしまった。

「もっと人に近づきたい、と思うようになりました」

「なんだね、そりゃ」

「人の息遣いが聞こえるところまで戻る、と言ってもいいかもしれません。たとえば、健やかでありたいとか、愛し愛されたいとか、そんな、人としてまず当たり前に求めるものを、長いスパンで約束する。そういうものを造りたい」

「人の息遣いって……建築は人を入れるもんだろうに」

「その基本を忘れていたところがありまして。反省しています」

ジェイコブソンへの提案もその一つってわけかい、と五十川が言って、弓削をいぶかしそうに見る。弓削は苦笑し、これを手始めにと思ったが楽ではないと答えた。

「ヤナギを改装する、同時に、古谷作品を後世に伝える仕事に協力する。こうわかりやすい場合は稀だと思います。何しろ基本は設計ですから。私がこれまでよりも人に近づく建築をして、それをみなさんに体感していただく他ありません」

「そんな感覚頼みのものが、一般の我々に通じるかね」

「造ることさえできれば。今回の失敗を教えてくれたのは、人の身体や感覚です。それに、ものには記憶装置みたいなところもありますし」

「記憶装置……？　どうも難しくなってきたな」

大切なものを思い浮かべると、草は弓削の言ったことを理解できる気がした。先々代が始め、両親が守ってきた雑貨屋だった小蔵屋。人の手を経て今自分のもとにある器、着物、家具や道具。どれも地味なものばかりだが、そこには懐かしい顔が見える。作り手、使い手、名前も知らない人々のたくましさが宿っている。人はものを通じて、何かを伝えること、感じ取ることができる。

弓削は全員の顔を見てから、丁寧に頭を下げた。

「でも一人ではどうにもなりません。建物は人の力で育ちます。力を貸してください」

五十川は腕組みをして短く唸《うな》り、椅子に深くもたれてしまった。

弓削が目指す建築に、草は思いを馳せる。

白い大きな建物が漠然と浮かぶ。巨木に抱かれるような何とはなしの心地よさに、人は引きつけられてやまない。くつろいだり、有意義な時を過ごしたり。建設の経緯や建築家について調べる人もいるだろう。それらがきっかけで、何かひらめくことだってあるはずだ。過去へ、未来へ、広がりは無限。人に根ざした建築は、時をかけて成長し、たとえ老朽化して解体されても、種や蘖《ひこばえ》を残すのかもしれない。

工藤が紅茶を淹れ直すまで、全員が黙っていた。

その沈黙は、けっして重苦しくなかった。

熱い紅茶を飲む頃になると、弓削の口から、古谷敦の陶片が壁に埋まっている可能性について説明がなされた。古谷のおごりが打ち砕かれた、辰川屋の皿事件。作陶を中止した、沈黙の三年間。のちに生み出された『蓮印花《はすいんか》大皿《おおざら》』。ほっとした草は別として、他の三人には驚きと困惑が広がった。

「皿事件か。すごくないですか、ヤナギって」

「もしかして、幹子さんはそのことを知ってたんじゃないのかい。いや、もしかしたら、うちの親父も。それで、親父はやたらと改装したがってたんじゃ……」

「そうなんでしょうか。なんだか、頭がぼうっとしてきてしまったわ」

結局、改装中に壁の調査をしておき、結果によっては土壁の絵と同様に美術館へ収蔵してもらう方向で考えてはどうかという弓削の提案にも、千景は同意した。

そのあと、工藤は家具の修理を教えてみたいと言い出した。刺繍や革細工だって教えられるメンバーじゃないですか、家電のお医者さんだっているし、いろいろやってみたいな、と目を輝かせる。そうして、ヨガ教室が入った場合の、店舗が空く時間の活用方法に話が及んだ。結論は持ち越しになったが、千景は検討してみる価値があると考えたようだ。

手探りだけれど、みんなこの古いヤナギにいながらにして、新しいところへ行こうとしていた。

草がしたことといえば、何十年も前に起きた辰川の水害を念のため伝えたくらいだ。あとはただ、変わろうとするヤナギと弓削を眺めていたに過ぎない。

クドウで解散し、千景と最後に表に出ると、暮れ時の空が滲んだ水彩のようにきれいな時刻だった。

細い辰川を挟んだ家々や柳は夕闇に沈み始めており、ヤナギから漏れる光が刻々と明るさを増すように感じられる。シートを垂らした空き店舗にも、工務店がいるらしく、電気がついていて物音がする。

「すみませんでした。せっかくのお休みに」

「いいえ。楽しかったわ」

「単に改装するだけのつもりが……どういうのか……」

千景の横顔は、言葉とは裏腹に満足そうだ。

後ろから来た男の子が、こんばんはと元気に言って駆けてゆく。返した挨拶が追いつかないような勢いだ。

「子供って、いつの間に、親より大きくなるんでしょ」

男の子はランドセルを背負っていた。千景はその子を見ているわけではなさそうで、遠い目をして微笑んでいる。草は小さくうなずく。

先日カウンターにいた陶芸教室に通う女性客を思い返した。あの客は、成形した器の底を撚糸でもってろくろから切り放す、糸切りについて話していたのだった。

やわらかな器が、弓削と重なる。

自分を縛りつけるものから解き放たれた、一人前の形。だが、まだこれからだ。彼女が自身に手をかけるだろうし、風にさらされ、火に焼かれ、どんな器になるかはわからない。それでも、先が楽しみには違いない。

別れしな、老舗《しにせ》の饅頭をもらうことになった。夫の好物を買って草の分も包んでもらったのだと聞いて、遠慮なく水上手芸店に入る。

「近頃は、あの人だったらどうするかしらと思わない日はないんですよ」

千景の夫は、生きていれば七十近くになるのだろうか。

ゴブランの古い椅子には、緑っぽい格子柄のボストンバッグが置いてあった。先日千景が病院へ届けたはずの、幹子のものだ。

「あら、このバッグは？」

千景が入っていった奥に向かって草が訊くと、ほがらかな声が返ってきた。

「持って帰るように看護師さんから言われてしまって。人に取ってもらっては、散らかして迷惑をかけてしまうみたいでしてね。義母としては、中身がちゃんとあるか確認して詰め直しているつもりなんでしょうけど」

ボストンバッグはファスナーが開いており、中身がはみ出している。洗濯物を入れたビニール袋やひざ掛けのようなものの間に、小さなアルバムや小学校の文集が覗く。幹子が死んだら開けてと言っているボストンバッグにしては、ずいぶんな扱いだ。そういった気持ちが、草の顔に表れていたのだろう。紙袋を提げて戻った千景は言った。

「これが何か知らない看護師さんが、親切でひとまとめにしてくれて」

千景は肩をすくめ、そばにあるチーク材のテーブルの上に、中の荷物を並べ始めた。右に雑多なもの。左に幹子のものというふうに。

「見てしまうわねえ、どうしても」

「見ない、見ない」

まじないみたいに言って、千景は手を動かす。その真心のこもった嘘は、見ていても本当に目に映っていないような雰囲気を醸し出していて、草はひそかに笑ってしまった。

挨拶をして手芸店を出てからも、千景の優しい横顔と、文集の表紙絵が心に残っていた。大小のかたつむりは大きな葉の上に並び、遠くに虹が出ていた。

「でーんでーん、むーしむーし、かーたつむりー」

蝙蝠傘を突きつき、歌が出る。

「おーまえーの、めーだまは、どーこにあ——」

あっ。

口を開けたまま、草は動きを止めた。この歌をつい最近も口ずさんだことを、自分の声に教えられたのだ。その奇妙な感覚が、切れ切れの記憶をするっとつなぎ合わせてゆく。同じ文集は二冊あった。一冊は由紀乃が。もう一冊は幹子が。二人の息子は同級生ではない。年齢が違いすぎる。だから本来、あの文集は幹子が持っていても意味がないはずだ。

なのに、なぜ——。

少し先に見える信号が赤から青に変わったが、歩く気になれなかった。振り返ると、突き当りに辰川の柳がぼんやり見える。

「考えられる理由は一つある、か」

草はその夜、由紀乃を通じて杜夫に頼みごとをした。

翌朝、暗いうちに起き出した。

寝間着にショールを羽織り、事務所へ向かう。明かりをつけた三和土の通路は薄暗く、夜と変わらない。もしやと思ってファックスを覗くと、そのうちでいいからと頼んでおいたものが、杜夫から届いていた。短い手紙が添えてある。

《これでお役に立ちますか？　ほしいのが、僕の作文じゃないなんて残念（笑）　杜夫》

末尾の一行に、草はくすりとする。昨夜の由紀乃によれば仕事で遅い帰宅になったはずなのに、時間を割いてくれた杜夫の気持ちがうれしかった。

文集は、小学六年時のもの。ガリ版刷、わら半紙、黒インク、綴《と》じ紐の昔懐かしい作り方だった。杜夫は、辰川屋の息子と同級生。つまり、幹子は辰川屋の息子が書いた作文を後生大事に持っていた可能性が高い。

そこで、そのページをファックスで送ってもらった。

杜夫が手紙で知らせてくれたところでは、辰川屋が閉店して引っ越したのは自分が十代の半ばの頃、芳しい理由ではなかったようだというくらいで転居先も知らない、辰川屋の息子は愉快なやつだったが付き合いの続いた友人はいなかったのではないか、ということだった。草の辰川屋についての漠とした記憶と、あまり違わない。

作文の題名は「夏の自由研究の思い出」。工作を選んだこと、それがもとで親から叱られたことが書かれていた。

その一見何の変哲もない文章に、草は少なからずショックを受け、事務所の椅子に座り込んでしまった。放心の末に、歌が口からこぼれた。

「おーまえーの、めーだまーは、どーこにあーるー」

顔に垂れた白髪を手でなでつけると、笑いが込み上げてきて、しばらく止まらなかった。こうしていても何を見ているのか、わからない。眼前にあっても、見ようとしなければ見えないのだ。

朝の日課に出かけた。

紺碧の空が、市街地の方から白んでくる。

青かった広い河原が少し色を取り戻す。深くなってきた草木の緑。低木にからみついて咲く藤。対岸の上の方にある国道を走る車。景色を眺めてから、いつもより丁寧に丘陵の観音と小さな祠に手を合わせ、三つ辻の地蔵へめぐる。良一の寝顔によく似た丸顔が、今朝はいつにも増して笑っているようだ。

さあ、確かめようか——草はヤナギへ回った。身体に沿う形の腰籠の、内側に敷いたビニール袋と、その中の道々拾ったペットボトルや空きビンが耳障りな音を立て、速く速くと急き立てる。

ヤナギが見えたところで、歩を緩めた。

朝早すぎてそれまでは誰にも会わなかったのだが、人影が二つあった。二人とも男。こちらに背を向け、肩を寄せて話し込んでいる。向かって右が、黒っぽい上下。左が作業着の男で、一瞬五十川にも見えたが、ずっと若い。草は通ってきた住宅地に、軽自動車と工務店名が入ったライトバンが置いてあったことを思い出した。

黒っぽい上下の男が、少し横を向いた。こんな時間にサングラスをかけている。草は蝙蝠傘をつくのをやめ、足音をしのばせた。腰籠のごみも手で押さえる。

「ないはずはない」

「見たでしょう。あれだけ壁をはつったって出てこない」

「他も頼む」

「できませんよ。まだ住んでるんだ」

「金ならもっと出す。理由は同じでいいじゃないか。強度の検査だって言えば」

「来てもらったのは、もうこれでやめってことです。昨夜、弓削さんからも陶片を捜したいという連絡が来たんです。だから、ほんとに勘弁してください」

もう背中に手が届くというところで、草はサングラスの男に声をかけた。

「お久しぶりね、佐々木さん」

ぎくりとして、佐々木は振り返った。工務店の男は、ここにいてはまずいと察知したようで、そそくさと住宅地の方へ去ってゆく。草は、佐々木まで黙って帰す気はなかった。

「座りましょうよ」

水上手芸店前から道をはさんだ柳の木の下にある石のベンチに、草は先に腰かけた。佐々木から目を離さずに、蝙蝠傘をひしゃげた灯籠のそばに置く。

佐々木はつるを持ってサングラスの下から草を見ると、しかたなさそうに隣に来た。

「またあなたですか」

「まだあきらめてなかったのね」

ここまで佐々木を駆り立てるものは何なのか。金。意地。娘への愛情。草は考えてみたが、どうもはっきりしない。そばにいると、仮面の下に覗く危うさに、こちらまで落ち着かなくなる。

「運転手は続けることができるんでしょう?」

「弓削真澄にのりかえられたら、もうクビと同じですよ」

「地道は性に合わない?」

人工的な白い歯を覗かせて、佐々木は口角を引き上げた。目まで笑っているかどうかは、サングラスでわからない。広げた脚に肘をつき、ひどく前かがみになるものだから、余計に表情が見えなくなった。

「今が間違ってる……」

佐々木の言葉を、草は鸚鵡《おうむ》返しにした。

「今が間違ってる?」

「そう思ったことはありませんか」

日の出はまだのようだが、辺りはだいぶ明るい。新聞配達だろう、止まっては走るバイクの音が聞こえてくる。

長くも短くも感じる人生を、草は振り返ってみる。今が間違っている、と思ったことはある。良一を水の事故で死なせて以降、常に「今」は間違いとも言えた。死ぬべきは夫のところに良一を残してきた自分で、生きるべきは良一だった。今生《こんじょう》の別れになるあの日に戻してもらえるなら、命と引きかえでもそうしたい。でも、それは無理な話だ。

草は灯籠の笠をとって膝にのせ、案外軽いなと思ったり、中を覗き込んで吸い殻や紙くずを取り除いたりしては、そんなことを考えていた。この年寄りがなぜ現れたのかなど佐々木の眼中にないようなので、ここへ来た目的を果たすのはたやすい。

「思ったことがないですか？　そうでしょう。でも、私のような者はいつも思うんです。今が間違っている、とね」

生きているこの只今を肯定できないとは、苦しいことだ。

でも、同情を口にする気にはなれない。

「ロールスロイスでヤナギに突っ込もうとして、その挙げ句、私を利用したでしょ」

はっとしたのだろう。佐々木が息を殺している。

「ひどいったらありゃしない。間違ってるのは、そっちのほうでしょ」

今が間違っているという思いにかられて悪あがきする佐々木を、草は心底から非難できなかった。まだ希望があるから、じたばたするのだ。うらやましいような気さえする。

空は完全に明るくなった。間もなく、日の出。

いつまでも、こんな話はしていられない。草は灯籠の笠を元に戻した。

「もう時間切れだって、娘さんが言ってたわよ」

時間切れという言葉に、佐々木は反応した。サングラスを外し、こちらに向く。草が立っても、目で追ってくる。

「あいつがそんなことを？」

「この間、うちの店に来たの」

それは聞いたが、と佐々木は言葉を濁す。

「覚悟してるんじゃないかしら、時間切れと言うからには」

佐々木の表情がひどく曇った。そんな顔をするくらいなら、なぜ身内まで巻き込んで無茶をするのだろう。草は言わずにいられなかった。

「自由にしてやんなさいよ」

「え？」

「娘さんを」

怪訝《けげん》そうな顔に、いつかの自分が重なった。無力で、自分のことに手いっぱいで、子供を守れないばかりか、犠牲にしてしまった。

「いつまで自分の人生に子供を付きあわせる気なの」

佐々木が、きっとなった。

「いつも正しいんでしょうね、あなたは」

「私は失敗したから言うの。佐々木さんはいいじゃないの。娘さんは生きていて、取り返しがつく――」

佐々木を許さないと怒った久実の顔がよぎった。これ以上どうこう言ってもしかたない、道端で何をしているのだ。そんな気になり、草は咳払いして続きを呑み込んだ。

「もういいわ」

灯籠脇に置いてある蝙蝠傘をつかむ。うちへ帰ろう。コーヒーの香り、客の笑顔、久実の潑剌《はつらつ》とした姿、そういうものが今日も待っていると思うと一刻も早く帰りたくなった。だが、どうしたことか。一歩、また一歩と離れると、この男を打ち捨ててゆくようなおかしな心持ちになる。

コーヒーが飲みたいな。ぼそりと佐々木が言った。

断ることのできない、重たい響きだった。

草は立ち止まった。そうして振り向き、

「いらっしゃいよ」

と、気は進まないながらも答えてしまった。

佐々木はうれしそうな顔をして立ち上がったが、なぜか住宅地の方へ行こうとする。

「車を取ってきます」

「え？　……あっ、そう」

佐々木は遠ざかり、一度だけ振り返った。草も歩き出す。

小蔵屋に帰り、蝙蝠傘やごみを片付け、表のブラインドがわりの簾《すだれ》を一枚だけ上げた。

そうするうちに、若い頃の自分を迎えるみたいな居心地の悪さは薄らいだ。

カウンターに入り、小蔵屋オリジナルブレンドを選ぶ。器は、口が少し広がっていて蕎麦猪口としても使える、黄みがかった灰釉《かいゆう》の古い湯呑みにする。

その少しざらついた感触は、古谷敦の香炉とよく似ていた。

古谷が皿事件の日に割ったのは香炉であり、あの水上手芸店の前のベンチ脇にある、ひしゃげた灯籠――軸のたいそう太いキノコのような――とばかり思っていたものだった。

高さ五、六十センチのそれは確かにやきもので、直径五十センチほどある笠、今となっては蓋には、親指ほどのつまみを中心に放射状に涙型の穴が五つ開いており、明かりを灯すには不自然だが、香炉であれば納得のいく形状だった。香炉としては大きいけれども、沈黙の三年以前の作品だから、古谷らしいとも言える。

佐々木と話しながら詳しく見てみたら、蓋はほぼ無傷。

割れていたのは、底のほうだった。

十個ほどの欠片《かけら》をくっつけ、石のベンチ脇にセメントで設置したのは、杜夫の同級生である辰川屋の男の子だ。夏休みの自由研究に工作を選び、自宅にあった「古谷というとうげい家の失敗作」を使って「庭をつくった」結果、古谷敦の香炉は、常に人目にさらされることになった。両親は叱ったが、それは古谷の香炉を利用したからではなく、そんなものを公道脇に、近所の工事現場からもらったセメントで固定してしまったからだった。

作文は、教師や同級生の笑いを誘ったことだろう。

表の香炉は、家庭的なうどん屋となって日々追われる辰川屋では目にも入らなくなっていったか、子供の作ったものだからとそのままにしておいたかというところか。古谷と交流のあった祖父母は、健在でなかったに違いない。

つまり、ジェイコブソンが、佐々木が、草が求めていたものは、いつも見えるところにあったのだった。

「おーまえーの、めーだまーは、どーこにーあーるー」

草は琺瑯のやかんから上がる湯気を眺め、想像を広げる。

辰川屋は、壊れた香炉を壁に埋め込んでしまうことをためらい、表向きはそのようにしたことにして大事にとっておく。価値を感じるあまり、古谷の希望にそえないのだ。皿とも香炉とも言われる、古谷が割った器は壁に埋め込まれたようだ――人伝ての話を、幹子も信じる。ところが後年、文集を手にする。辰川屋がなくなり、親戚づきあいもすっかり途切れた頃、空き家で見つけたのかもしれないし、ひょんなことから他人経由でもたらされたのかもしれない。作品があんな道端に。古谷さんに悪い。こう思っても今さらどうにもならない。香炉を引っ込めようとすれば理由を語らなければならず、古谷の作品と知れればジェイコブソンらがうるさい。むしろ現状のままのほうが、香炉をそっとしておける。

そこまで考えてから、草はもう一つの可能性を思った。

あれは古谷敦の作品だと、誰かが見抜かないものか。打ち捨てられ、忘れられてゆく古いものをあわれんで、幹子はそんな期待を抱いているのかもしれなかった。

いずれにしろ、誰の目も節穴だったわけだ。

幹子が香炉をどうしたいかは、あのボストンバッグの中に、手紙か何かの形で記されているのだろうか。それも自然にわかる時が来る。

草は皺ばかりの両掌を見つめた。香炉の蓋の重みを反芻《はんすう》してみる。手に残る香炉のざらっとした感触の向こうに、古谷がいる。おごり、打ちのめされ、もがき苦しみ、憑きものが落ちたようになって再び作陶に取り組んだ、その集大成が『蓮印花大皿』。香炉が人知れず放置され、いずれ壊れて土に還ったとしても、当の古谷は本望だろう。個人的にはそっとしておきたい草だったが、調査の手間と費用を考えると千景に伝えないわけにはいかない。今のヤナギなら、段階を踏んで柔軟に対応するはずだ。

しばらくして、車が店前の駐車場に停まった。久実が出勤してきたのだ。店へ入ってすぐ久実はカウンターの器に気付いた。灰釉の古い湯呑みは、空っぽ。使われた様子もない。ドリッパーにペーパーと豆をセットしておきながら、草は掃除していた。

「お客さまですか?」

久実はきょろきょろと店内を見回し、不思議そうに草を見た。

道で佐々木と別れてから、もうだいぶ時間が経っている。

「ううん、何でもない」

草は雑巾を置いて、その器をカウンター奥の作り付けの棚に戻した。しかたなしみたいに言ってしまったいらっしゃいを、少しばかり悔いていた。

例の作文を持って、千景を訪ねたのちのこと。

思いがけない話がヤナギから流れてきた。

地元紙を賑わせていたリフォーム詐欺事件に、佐々木が深く関与していたというのである。金ほしさに、犯罪に手を染めたらしい。伝える側も腹立たしげで、言葉少なだった。草から一部始終を聞いた由紀乃は、スナックを営む娘のほうを心配した。時間切れという言葉は、この件を意味していたのかもしれない。草は佐々木に対して情けないとも虚しいともつかない思いを抱いたが、それを口にする気にはなれなかった。

先日糸切りの話をしていた、眼鏡の女性客がまたカウンターにいる。

今日は、抹茶を立てても煮物を盛りつけてもよさそうな、自作の器を持っていた。教室での展覧会が終わり、初めて家に持ち帰るのだと友だちに話していた。友だちのほうは席を立って、コーヒー豆を選んでいる。

眼鏡の彼女は一人で、その器の裏の中心部を、不満そうに指でつついた。包みを開いて友人に見せてから、もう何回目だろう。小さな傷を残念がっているのだ。見込みに響かない程度のひびが、窯で焼く間に入ったらしい。

――これさえなければ、完璧だったのに。

さきほどの彼女の嘆きようを思い出し、草はくすりとする。

豆を買った友人は、一人で食器売り場をめぐり始め、やがて眼鏡の彼女を呼んだ。二人が並んで立った場所には、器が何点か伏せて展示してある。裏側の面白さを見せるためだ。やきものの用語や種類を学べるコーナーの締めくくりになる。

脚部である高台やその周辺は、茶の湯では見所の一つとされる。普段使いの器でも侮れない。

糸切りの際にできた、糸の跡である渦模様をあえてそのまま残している、素朴なぐい飲み。糸切り後に道具を使って削り出した高台に、染付の繊細な模様をほどこした小鉢。釉薬をかけなかった高台と周辺に、原始古代の土器のような力強さを覗かせる茶碗。十字形の凝った高台も目を引くし、高台内の銘や印判、さらに窯の中で生じた傷やひびまでが、その器の味になる。

表から見たとおりだったり、意外な姿だったり。普段は見えないところにもかかわらず、掌に感じる重さ、当たりのやわらかさといった、使い心地を大きく左右する。触れて、持って、初めてわかることがある。

眼鏡の女性客は、友人と並んで腰をかがめ、そのコーナーを熱心に見ている。

「傷、あり、あり？」

「あり、あり。私だってありありよ」

肘で互いをつつきあって笑う。

私の器も、傷があっていいのかな。いいの、いいの。私自身にだってたくさん傷があるけど、それもいいってことなのよ――学生のような軽い会話を、草はそんなふうに聞いた。

少し前に来ていた弓削が、一足先に和食器売り場から戻ってきて、にっこりする。

「右に同じ」

私も、と草も微笑む。

「それじゃ、また。今日は東京へ帰ります」

「ええ、また」

弓削は和食器売り場を見る前に、立ち話をしただけ。鞄も置かずに出てゆく。近頃はこんなふうによく立ち寄る。草は例の作文を持っていって話したきり、ヤナギには出かけていないが、おかげでいろいろと聞いている。本格的に始まった改装工事が順調で、先日仕上がった真ん中の店舗には、水上手芸店が仮住まいしていること。現在のところ、香炉はベンチ脇から回収され、ヤナギで保管されていること。退院した幹子も、屋根の下に戻った香炉に目を細めたという。病院のほうも改修工事の計画が立ったそうだ。

弓削が橋の方に徒歩で向かってすぐのこと、晴れているのに、大粒の雨が降り出した。草は傘を持って追いかけた。弓削は長い橋の真ん中にいて、これはだめだと思ったのだろう。駆け足で引き返し、草を見つけ、蝙蝠傘の中に飛び込んできた。礼を言ってもう一本の傘を受け取り、あわてて広げる。

橋を渡り始めたばかりのこの場所からも、大空を遮るものはほとんどない。午後の陽に雨粒が宝石のように輝いて、二人はしばし見とれた。雨の終わりが見える。頭上には雲があるが、川下や丘陵の上は青空だ。

「この間ヤナギで、意外なものを見ました」

「なあに？」

雨が傘を叩くから、声は大きくなる。車が行き交うばかりで、通行人はいない。

「建築関係の雑誌が詰まった段ボール箱です。底が抜けたらしく、ひっくり返してあって、側面に水上手芸店と書いてある。何冊か手に取って、付箋の貼ってあるページを開くと、どれも私のことが載っていました。ヤナギに呼ばれたのは、偶然じゃなさそうです」

草は黙っていた。千景が密かに工藤を通じて弓削を呼びよせたと、以前から知っている。

「実を言うと、私もこの街で仕事ができたらと、長年心がけてきたところがあるんです」

これには草も驚いて、まあ、と言った。

ほほえましく感じたことが声に表れていたのだろう。弓削は、どういうのでしょうねえ、と自分にあきれたように言って、期待するような話ではないという態度をとった。

「一種の開き直りです。この辺りの地名を聞くと変に意識してしまうので、いっそのこ

と、
私を忘れないで。

母を慕う子としての思いが、どうやっても言葉の隙間からこぼれ落ちてくる。

「でも今は、さっぱりしました。ああいうのは弓削の血じゃない、あれにだんだん似てくる……なんて陰で言われるほどには、あの人と私は似ていなかった」

去っていった千景に年々似てくる娘を、家族はどう見ていたのだろう。もっと若かった弓削が、彼らの胸のうちを垣間見て、身を硬くする様子が浮かんでくるようだ。

「外見は似ていても、やはり別個の人間です。話さなければわからないし、話してもわからないところだらけ。それを実感したら、すごく楽になって」

光の方へ駆けてゆく幼い良一を、草は見ている。それは幼い弓削でもある。子供はふと立ち止まって振り返る。後ろで、母が見てくれさえすればいいのだ。それを認めると安心して、また走り出せる。

「自由になれた？」

「そうかもしれません。なのに、ここはもう一つのふるさとみたい。嫌なこと、大切にしたいことが、ごちゃまぜで」

思わず、ふふっと草は笑った。

「ほんと。ふるさとって、ごちゃまぜね」

自分まで生まれ変わったような気分になって、弓削を見送る。青磁色の傘が長い橋を渡り終える頃には、雨はすっかり小降りになっていた。

懐の携帯電話が鳴った。

出てみると、佐々木だった。草は首を傾げた。この電話番号を教えた覚えはなかった。なんとも油断ならない。

先日はどうも、と佐々木は挨拶し、噂は聞いてますよ、と草は返した。

佐々木は、噂とは何かとたずねもしない。そうして、これからまた警察に出向く、三回目の事情聴取になるが今度は長くなりそうだと告げた。あの日、道で別れたその足で、警察に初めて出頭した。コーヒーを飲みたいと言った時に拒絶されていたなら、おそらくあんな気は起こさなかったと思う。神妙な口調で、そう続けた。

「娘さんとは？」

「よく話してきました」

「そう」

佐々木には、幾度となくだまされた。だが、草は信じてみようと思った。

「それじゃ。これで失礼します」

「身体を大切に」

「ありがとうございます。杉浦さんも、どうかお元気で」

電話を終え、草は小蔵屋へ急いだ。

胸がざわざわした。何か言い忘れた気がして、立ち止まり、今し方までいた橋の上を振り返った。最後に会った時の、うれしそうだった佐々木が彷彿とした。橋の欄干に、往来する車に、午後の陽が反射する。

草はまぶしさに目を細め、佐々木に呼びかける。

待ってるから。

雨はすっかり上がっている。

文春文庫

糸《いと》切《き》り
紅雲町《こううんちょう》珈琲《コーヒー》屋《や》こよみ

定価はカバーに
表示してあります

2016年12月10日　第1刷

著　者　吉《よし》永《なが》南《な》央《お》
発行者　飯窪成幸
発行所　株式会社　文藝春秋

東京都千代田区紀尾井町 3-23　〒102-8008
TEL 03・3265・1211
文藝春秋ホームページ　http://www.bunshun.co.jp

落丁、乱丁本は、お手数ですが小社製作部宛お送り下さい。送料小社負担でお取替致します。

印刷・凸版印刷　製本・加藤製本

Printed in Japan
ISBN978-4-16-790747-1